AF190798

Göran Henning, du har haft en avgörande betydelse för att denna bok kommit till. Du var den som kom med förslaget att jag skulle skriva en bok om slaget vid Stäket. Efter det har du kommit med många värdefulla uppslag, läst och kommenterat vad jag skrivit och ständigt funnits med som en intresserad och stöttande entusiast. Stort och varmt tack!

Jag vill också passa på att framföra ett varmt tack till alla er som på olika sätt hjälpt mig med detta och/eller andra manuskript genom synpunkter, förslag och idéer (här i bokstavsordning efter förnamn): Anne Stefenson, Annika von Borczyskowski, Birgitta Lindborg, Bo Magnusson, Bo Vinnerljung, Carl Lindgren, Eva Wikberg, Herman Essén, Jenny Lönn, Johanna Lindblad, Kjell Tullus, Liz Kella, Malena Ivarsson, Matilda Strömberg, Mats Larsson, Monica Tägtström Bergman, Olle Göthner, Rasmus Eriksson, Rolf Ekvall, Ulla Westling och Ylva Söderlind Göthner.

Frank Lindblad

Ryssen anfaller

En tonårssoldats berättelse om slaget vid Stäket 1719

© 2022 Frank Lindblad

Förlag: BoD – Books on Demand, Stockholm, Sverige
Tryck: BoD – Books on Demand, Norderstedt, Tyskland

ISBN: 978-91-8007-603-6

1

En kylig januaridag kom en man i uniform upp mot vårt torp. Det hade snöat hela förmiddagen och han fick pulsa fram genom ett tjockt snötäcke. Han rörde sig stelt och långsamt, nästan högtidligt. Jag tyckte det såg ut som när man går ut ur kyrkan efter en begravning. Det allvarliga intrycket förstärktes av att han hade en trekantshatt på huvudet. Den såg ut precis som Fars soldathatt. Jag ropade på Mor som öppnade dörren och bad honom stiga in. Han tackade ja till en mugg öl och slog sig ner vid köksbordet utan att ta av sig sin uniformsrock. Hatten lade han bredvid sig i kökssoffan. Jag såg att han hade ett rött ärr på vänstra kinden. Det började strax under ögat och fortsatte nästan ända ner till munnen. Det är det enda jag minns av hans utseende. Efter att alla varit tysta en stund frågade Mor om han hade några nyheter från kriget.

- Jag är ledsen, frun, men jag måste berätta att Erik Larsson inte finns kvar bland oss längre.

Mor tittade länge på honom. Hon fick den där lilla rynkan mellan ögonbrynen som jag hade lagt märke till ibland förut.

- Menar du att han har avvikit?
- Nej, tyvärr.
- Men vad har hänt i så fall? Vi har väntat sen i somras på att han ska komma hem igen.
- Han är död. Han blev skjuten samma dag som vår konung Karl XII miste sitt liv i Norge.

Vi fick veta att soldaten hade varit ansvarig för den grupp som Far tillhörde. Han berättade att Far hade fått en kula rakt igenom skallen när hans grupp gjorde ett utfall. Men det blev inte mycket mer talat om Far och vad han hade varit med om under kriget. Mor frågade var hans döda kropp fanns. Mannen visste inte med säkerhet. Han trodde att kroppen kunde ha hamnat i en massgrav i Bohuslän. Det här var en fråga som skulle plåga Mor länge. Vi fick aldrig något bestämt besked om kroppen och vi kunde aldrig ha någon begravning. Prästen kom i alla fall hem till oss en gång och höll en minnesstund för familjen, några släktingar och ett par grannar. Han talade fint även om jag inte riktigt kände igen det som han sade från vad jag kommer ihåg av Far.

Mor grät och grät och jag fick ta hand om henne hela kvällen och natten. Mina två småsyskon, Maria som är åtta år gammal och Karl som är sex, förstod inte riktigt vad som hade hänt. Mor kunde inte berätta för dem och jag visste inte hur jag skulle bära mig åt. En grannkvinna som hade sett mannen gå in i vårt hus kom för att höra vad som stod på. Hon tog hand om Maria och Karl över natten och såg till att de fick i sig lite mat.

Några dagar senare kom Uno Söderman, en av markägarna i vår by, på besök. Han ansvarade för vårt torp och för att det skulle finnas en soldat på plats. Han började med att beklaga sorgen. I nästa andetag berättade han att han hade fått höra av det militära att det måste komma in en ny soldat i torpet så fort som möjligt. Vi hade rätt att bo kvar i tre månader. Så i början av april skulle vi ut – utan att veta vart vi skulle kunna ta vägen. Bonden berättade också, utan att se Mor i ögonen, att det fanns en annan möjlighet också. Om det var en ungkarl som skulle ta över så skulle han så att säga kunna ta Fars plats i hemmet. Jag kommer aldrig att glömma Mors ansiktsuttryck när hon fick höra det. Det var liksom helt blankt, som om det hade stelnat till is i samma sekund.

Mor ställde inga frågor och bonden verkade angelägen om att komma iväg så snabbt som möjligt. Han ville inte ens ha en mugg öl när Mor bjöd honom. Jag tänkte på Far som hade lärt mig att man måste dricka det man blev bjuden när man var på besök. Mor och jag pratade inte heller med varandra om vad bonden hade sagt och vad det kunde betyda.

Mor berättade aldrig för mig hur hon hade ställt sig till Södermans förslag om en ny man i huset men jag förstod ändå att hon hade accepterat det. Jag antar att hon inte kom på någon annan lösning som kunde ge hennes barn tak över huvudet och mat på bordet. I slutet av mars fick vi veta att det var en finsk man som ville ha torpet. Han hette Pekka och skulle flytta in den första maj. Det betydde i alla fall att vi fick ett par veckor extra innan han kom. Han hade arbetat som dräng på olika gårdar. Ingen kunde komma ihåg när han hade börjat dyka upp på Rådmansö. Jag minns att Far berättade om en man som hette Pekka en gång. Far hade fått för sig att han hade tjuvvittjat våra nät men han kunde inte bevisa det.

Pekka var ungkarl och Uno Söderman hade hört sig för om han var intresserad av att ha den gamla hustrun kvar. Det sade han ja till men han ville helst inte ha några barn i huset. Han kunde ändå tänka sig att mina syskon skulle kunna bo kvar ett par år. De var ju trots allt rätt unga, tyckte han. Däremot ville han inte ha mig kvar. Mor var förtvivlad. Hon ville så gärna ha mig i stugan. Jag tror att det inte bara var för min skull.

När Pekka kom flyttade jag min sovplats till en lada som låg intill vårt hus. Det var kallt på nätterna ibland men då bäddade jag ner mig i höet och hade det ganska skönt. Pekka gick med på detta, som en övergångslösning. På dagarna fortsatte jag att arbeta som vanligt på torpet och visade Pekka allt som jag hade lärt mig. Han var aldrig tacksam men han bråkade inte med mig.

Mina syskon var rädda för Pekka i början men de vande sig. Mor verkade också acceptera honom men jag tyckte att hon hade förändrats efter det att han hade flyttat in. Hon var liksom inte riktigt närvarande när man pratade med henne. Men hon tog hand om mina syskon, hemmet, matlagningen och sina trädgårdssysslor som hon alltid hade gjort. Jag ville inte tänka på hur hon hade det på nätterna.

När det hade gått tre veckor förklarade Pekka för mig att det var dags för mig att flytta. Han passade på när Mor var ute i trädgården och inte kunde höra vårt samtal. Han hade hört att det behövdes nya tremänningar och att det skulle hållas ett så kallat rekryteringsmöte utanför Frötuna kyrka om två dagar. Jag hade aldrig hört ordet tremänning förut men jag ville inte fråga honom om det. Senare samma kväll gick jag för att fråga Uno Söderman vad det betydde. Jag fick veta att det var en sorts reservsoldater som bönderna i bygden skulle försörja men att man inte hade rätt till ett torp. Man skulle först och främst försvara sina hemtrakter. Jag fick höra att det vore bäst om jag kunde ge mig iväg med ett regemente direkt eftersom det inte fanns någon plats här i Åkerö där jag kunde bo. Och det var ont om mat. Bönderna hade redan svårt att försörja alla som man ansvarade för. Den svenska militären hade under många år krävt att få stora delar av skördarna och av vad som hade slaktats. Många bönder och deras familjemedlemmar var vana att gå hungriga från matbordet.

Min far hade varit det som kallas "indelt soldat" och vi bodde därför i ett soldattorp här i Åkerö. Far försörjdes av bönder som ägde mark inom ett visst distrikt som kallades för rote. Bönderna i roten måste alltid ansvara för en soldat som kunde gå ut i krig. Jag hade lärt mig att den ordningen kallades för indelningsverket. Men krigsmakten behövde fler och fler soldater. Då fick flera rotar gå ihop och ansvara för ytterligare en soldat, enligt vad Uno Söderman berättade. Om bönderna inte lyckades med det så blev någon av dem tvungen att själv bli soldat. Inför ett sådant val förstår man att de var angelägna att få tag i någon som ställde upp frivilligt. I mitt fall var det tre rotar som hade gått ihop och det var därför soldaterna kallades för just tremänningar.

Det var inte så mycket att fundera på. Jag bestämde mig för att ge mig iväg till Frötuna och se om jag skulle kunna få plats som tremänning. Det var ett konstigt ord även om jag nu hade fått det förklarat för mig. Jag berättade inget för Mor. Jag visste att hon ändå inte skulle kunna påverka vare sig Pekka eller min framtid. Även om hon ville.

2

Den dag som rekryteringsmötet skulle hållas vaknade jag tidigt på morgonen. Det var lite svalt i ladan. Jag klädde på mig och smög mig in i stugan. Jag ville inte väcka Mor. Hon skulle bara börja ställa en massa frågor. Hon ville säkert inte att jag skulle bli soldat. Inte efter vad som hade hänt Far. Jag gick försiktigt fram till Maria. Hon och Karl delade den ena av de inbyggda sängarna på kortsidan. Jag hade haft den andra sängen men ingen av dem hade velat flytta dit. Jag sade att jag skulle ge mig ut och fiska med en vän och att jag skulle komma tillbaka i kväll, kanske när det redan var mörkt. Jag vet inte om Maria uppfattade allt men hon skulle i alla fall kunna berätta att jag inte bara hade försvunnit. Mor och Pekka sov i kammaren och jag lyckades ta mig ut utan att väcka dem.

Det skulle bli långt att gå, kanske upp emot åtta fjärdingsvägar[1]. Och det var nog för kallt i vattnet för att jag skulle kunna förkorta vägen genom att simma över sundet någonstans. Det var i alla fall en skön morgon och solen hade redan börjat värma. Vi hade nått slutet av maj och våren skulle snart övergå i försommar. Jag hade packat bröd och en lädersäck med vatten i Fars gamla ränsel. Den var gjord av koskinn och hade två remmar som man kunde hänga runt axlarna. På så sätt hade man armarna fria.

Vi hade ingen klocka hemma och jag visste därför inte vilken tid på morgonen det var. Jag trodde att det där mötet skulle vara mitt på dagen men jag var inte säker. Jag var tvungen att följa Åkeröfjärden mot norr ända till Södersvik. Jag satte mig en stund och vilade när jag hade kommit dit och tog lite

---

[1] En fjärdingsväg motsvarar knappt 2,7 kilometer.

vatten. Jag var törstig men jag fick inte dricka för mycket nu. Jag hade nog bara gått en fjärdedel av min sträcka eller kanske inte ens det. Och jag ville inte sitta för länge eftersom jag var orolig att jag inte skulle hinna fram i tid.

Efter Södersvik följde jag stigen på andra sidan fjärden och nu fick jag solen i ansiktet. Jag passerade Nänninge och hade god lust att stanna där men jag hade bestämt mig för att äta halva brödet först när jag kom till avtagsvägen mot Spillersboda. Jag nöjde mig med att dricka lite vatten. Vägen svängde nu mot väster och jag slapp solen i ögonen. Det var skönt för jag började få ont i ögonen av att kisa hela tiden. Jag var hungrig och ökade farten för att komma fram till Spillersbodavägen så snart som möjligt. Jag hoppades att jag skulle kunna få skjuts en del av sträckan men hittills hade jag inte stött på en enda vagn eller kärra.

När jag kom fram till Spillersbodaavtaget var det riktigt varmt. Jag hittade en plats i skuggan där jag kunde slå mig ner och ändå ha uppsikt över vägen ifall det skulle komma någon vagn förbi. Men det gjorde det inte och jag kunde äta hälften av mitt bröd i lugn och ro. Jag blev orolig att jag hade tagit med mig för lite att äta. Vattnet var snart slut men jag skulle säkert kunna fylla på min lädersäck någonstans. Jag var trött och jag hade ont i fötterna. Det kändes som om skorna var för trånga. Jag behövde nog skaffa mig ett par nya skor men hemma hade vi inga pengar till det. Och Pekka kunde inte tillverka några skor. Far skulle nog ha kunnat göra något åt mitt gamla par. Han var den händigaste person jag någonsin har träffat.

Det sved ordentligt i fötterna när jag började gå igen men det gjorde mindre ont efter ett tag. Då kom det äntligen en vagn som drogs av en ensam häst. Och det satt bara en man i vagnen så jag skulle kanske kunna få åka med. Han stannade när jag vinkade. Det visade sig vara en torpare från Nänninge som skulle köra till en släkting i Vreta. Jag fick hoppa upp på kuskbocken bredvid honom.

- Och vart ska du pojk?
- Jag ska till Frötuna kyrka och söka värvning som tremänning.
- Ska dom ta ännu fler soldater nu. Och pojkar till och med. Nej fy skam för den som andra kallar hjältekonungen. Han har drivit vårt land till en värre fattigdom än man sett i mången mannaålder. Pass upp för kriget, pojk.
- Jag vet. Far min dog med kungen i Norge.
- Det var sorgligt. Jag ber att få beklaga. Men varför ska du också ut i kriget i så fall? Behövs du inte hemma hos mor din?
- Mor har flyttat ihop med den soldat som har tagit över vårt torp. Och han vill inte ha mig där.
- Det var som hin. Var kommer du ifrån?
- Från Åkerö.
- Då har du gått långt redan, pojk. Då ska jag ta mig tusan ge dig skjuts till Frötuna. Fast jag i raggens namn inte vill leda dig till kriget.
- Tack, det var snällt. Jag börjar få ont i fötterna. Men jag har inget att betala med.
- Inte ska du betala. Ta det lugnt bara.

Det var skönt att bara sitta och vila och samtidigt komma närmare mitt mål. För det mesta travade hästen på och det gick undan. Ibland fick han vila och skritta ett tag. Så upptäckte jag Skogsviken på höger sida. Jag hade varit där en gång med Far och fiskat. Han hade sagt att man kunde ta sig ända ut till Norrtäljeviken därifrån genom en liten å. Och när vi hade nått Vreta dök sjön Limmaren upp på vår vänstra sida.

Nu visste jag att det inte var långt kvar, högst två fjärdingsvägar.

- Nu kan jag hoppa av och gå resten.
- Tokpojk. Det tar dig säkert mer än en timme att gå dit härifrån. Och jag antar att du ska hem sen också.
- Ja, jag vill inte göra Mor orolig.
- Men då kan jag vänta på dig här när du ska tillbaka. Så får du åka med mig till Nänninge. Och sen kan du gå därifrån till Åkerö. Det är en dryg sträcka det med. Ser du det vita huset där borta?
- Det som ligger mot sjön?
- Just det huset. Där bor min kusin som är storbonde. I alla fall jämfört med mig. Och jag hoppas att jag får med mig ett par säckar rovor hem så att vi kan klara oss till skörden. Du kan komma när du är klar. Jag heter Gustaf förresten. Fråga efter mig.

Jag bad en bön till Gud och tackade för att han hade hjälpt mig genom att sända mig denne räddare. Nu skulle jag hinna hem innan det blev mörkt.

3

Gustaf släppte av mig framför kyrkan. Jag satte mig ner i gräset och såg honom vända på kyrkoplanen och rida tillbaka förbi mig och vidare mot Vreta. Han vinkade och log. Jag hade verkligen haft tur som stött på honom.

Det var mycket folk på kyrkbacken och det verkade som om mötet var i full gång. Jag tog fram ränseln och åt upp det som var kvar av mitt bröd och drack det sista i min vattensäck. Jag ville vara så stark som möjligt när jag träffade de militärer som bestämde. Jag hade varit i Frötuna med Far en gång och kände igen den gråa stenkyrkan från medeltiden. Den gav ett allvarligt och högtidligt intryck. Det var ett myller av soldater på planen framför. Närmast kyrkan hade man ställt ett långt bord. Där satt en gråhårig man i uniform med två yngre män på varsin sida. Två soldater stod framför bordet och verkade vänta på att få anmäla sig. Jag reste mig upp och gick mot bordet. Jag ställde mig bakom soldaterna och hoppades att jag skulle kunna få tala med någon när de var klara. Det gick undan för de hade tydligen pratat nästan färdigt när jag kom. När jag nu stod rakt framför den gråhårige mannen tittade han på mig och log.

- Och vad vill du min pojke?
- Jag vill bli tremänning.
- Det är en uppgift för män. Hur gammal är du?

Efter att ha funderat ett kort tag bestämde jag mig för att lägga på ett par extra år.

- Arton år.
- Och det vill du jag ska tro. Men säg mig, varför vill du bli tremänning? Är din far kanske soldat?
- Han har varit. Men han dog med kungen i Norge.

Den gamle mannen såg allvarlig ut. Jag tror att han kände medlidande med mig.

- Jag beklagar. Och jag framför min respekt och mitt tack också till familjen för att han har gett sitt liv för sin konung och sitt fosterland.

Det blev tyst ett tag. Jag visste inte vad jag skulle säga. Kanske inte han heller.

- Men hur går det med ert torp? För jag antar att han hade ett soldattorp.
- Ja. Vi har bott i Åkerö. Men nu har det kommit en ny soldat.
- Och ni har flyttat?
- Inte Mor och mina småsyskon. Men den nya vill inte ha mig kvar. Han sa åt mig att gå hit.
- Jag vet inte vad jag ska göra här. Jag tycker du ser lite för ung ut. Bara fjun på hakan. I alla fall inte arton. Och om du ska bli soldat så måste du vara ärlig. Säg mig nu uppriktigt hur gammal du är.
- Sexton.
- Ja det kan jag tro. Men jag vet inte om du skulle orka med att vara soldat.
- Jag är van att arbeta hårt på vår mark. Och med fiske.
- Nåja, eftersom du ändå är här så kan du få pröva att skjuta. Både gamla och nya får visa vad dom går för. Har du hållit i en musköt nån gång?
- Jag brukade jaga med Far.
- Men visa då att du kan skjuta och kom tillbaka hit och berätta hur det gick.
- Tack.
- En soldat tackar inte till höger och vänster. Men han kan säga "Ja, överste" när han går.
- Ja, överste.

- Du lär dig. Skynda på nu. Du kan se att dom håller på med skjutningen där borta.

Han log mot mig igen och pekade på en äng som låg ner mot sjön, en bit från kyrkogården. Jag bugade som Far hade lärt mig att göra. Det kanske var lika fel som att tacka men översten sade i alla fall inget om det. Så gick jag ner mot ängen. Det måste ha varit ett uppehåll i skjutandet för jag hade inte hört några skott. Jag gick fram till en man som stod framför ett bord med några musköter på.

- Goddag. Översten sa att jag skulle gå hit och visa om jag kunde skjuta.
- Har du skjutit med en musköt nån gång?
- Jag har jagat hare och sjöfågel med min far.
- Då får vi väl se hur mycket han har lärt dig.

Han tog fram en musköt och började ladda den. Den såg ut som Fars vapen men han kallade sitt för muskedunder. Det var lite kortare och röret såg mer ut som en tratt. Vi laddade det med småkulor. Den här musköten skulle laddas med en enda stor kula förstod jag. Mannen bet av en patron och hällde krutet i det där lilla facket som fanns på Fars vapen också. Sedan stängde han till med en liten lucka. Lite av krutet hade han sparat för att hälla i pipan. Slutligen stoppade han in en kula i pipan och tryckte till med en metallpinne. Nu var musköten färdigladdad och han gav den till mig.

- Nu får du visa vad du går för. Ser du hatten som sitter på stången nere vid vattnet?
- Den svarta?
- Just den. Låt oss se om du kan träffa den.

Det låg många soldater runt om i gräset. Det verkade som om de hade gjort ett uppehåll i sitt arbete. Eller så var de klara för dagen för jag såg en skinnsäck som de skickade runt i gruppen och jag förstod att det var en brännvinslägel. Nu tittade alla på mig. Jag brukade sitta eller ligga när jag skulle skjuta och jag försökte alltid få stöd för vänsterarmen. Men här var det andra regler som gällde. Jag ville inte verka gnällig utan ställde mig och siktade på hatten. Jag försökte vara så stilla som Far hade lärt mig och kramade avtryckaren så långsamt jag kunde. Skottet gick av och fick mig att rycka till. Jag hoppades att rycket inte hade förstört mina möjligheter att träffa hatten.

- För tusende pocker. Tror ni inte att pojkrackarn träffade hattraggen. Jag tror minsann det var nybörjartur. Du får göra ett försök till, pojk. Så vi får se vad du går för på riktigt.

Han laddade om samma musköt, precis som förut, och gav den tillbaka till mig. Jag gjorde som förra gången, var stilla och andades lugnt. Och tryckte av mjukt.

- Nej men det var som själve hin. Tror ni inte att pojkrackarn träffade igen.

Soldaterna som låg i gräset klappade händerna och ropade till mig. Jag hoppades att provet var klart nu men mannen som skötte musköterna ville fortsätta.

- Nu ska vi pröva med nåt mindre. Bommen, kan du sätta på den där handsken istället för hatten. Och akta dig så du inte får en kula i baken.

Alla skrattade åt en magerlagd ung man som stod en bit ifrån musköterna och som tydligen var en hjälpreda. Han sprang fram och bytte ut hatten mot en liten handske. Jag fick för tredje gången ta emot en laddad musköt.

- Nu ska vi se om du klarar det som ingen tremänning har lyckats med idag. Träffar du handsken så bjuder jag på brännvin.

Det var inget annat att göra än att försöka en gång till. Jag hade haft siktet rätt inställt för kulorna hade träffat mitt i hatten så jag behövde inte göra någon ändring. Det gällde bara att vara lugn och så trycka av. Jag såg hur handsken fladdrade till och föll ner på marken.

- Vi har fått en prickskytt i regementet. Bäva månde ryssarna om dom vågar sig hit. Ge honom lägeln.

Lägeln kom flygande i luften och jag lyckades fånga den. Jag fick en trämugg någonstans ifrån att hälla upp i. Jag hade bara smakat på brännvin ett par gånger när Far bjöd. Jag förstod att jag var tvungen att dricka upp denna gång för att inte bli hånad. Även om översten kanske inte skulle bli så förtjust åt vad han såg. På sidan av lägeln fanns en propp som jag lyckades få upp. Jag hällde upp en halv mugg och började dricka. Det var fränt och rev i halsen men jag drack upp allt på en gång.

- Bra gjort, sade muskötladdaren. Och välkommen till tremänningarna. Nu går vi upp till översten så lämnar jag rapport om hur det har gått för dig.

Han lade armen om mina axlar och gick tillbaka med mig till översten. Några av de slöande soldaterna följde efter för att se vad som skulle hända. Det var inga som väntade vid bordet så vi kunde börja prata med översten direkt.

- Översten ska veta att vi har fått in en skarpskytt i kompaniet. Han träffade till och med handsken. Det har ingen av dom andra lunsarna lyckats med idag.

- Det var som attan. Jag har suttit här och funderat. Och jag har kommit fram till att vi tar emot den här gossen i vårt regemente. Och vi kallar honom för Björnen.

Alla runt omkring skrattade. Jag ville helst komma därifrån så snabbt som möjligt.

- Seså. Lugna ner er. Och skam få den som försöker hälla i gossen mer brännvin idag. Tänk på att han ska ta sig hem till Åkerö. Ska du vandra hem, pojk?
- Jag får skjuts med häst och vagn till Nänninge. Det var en hygglig torpare som hjälpte mig att komma hit också.
- Det verkar vara god tåga i dig. Nu får du lämna mer uppgifter om dig till Falk här bredvid. Och vi har vår första samling här om en vecka. Då ska vi öva skjutning. Vi andra. Du verkar inte behöva det.

Han log och jag kände mig både stolt och rörd. Tänk om Far hade fått höra detta. Det var lättsamt att påbörja vandringen hemåt efter denna lyckade dag även om det gjorde ont i mina skavsår. Vi hade fått mycket och god mat och jag hade satt i mig så mycket jag kunde. Det var länge sedan jag hade varit så mätt. Jag hade också fyllt min vattensäck och packat ner den och ett par brödskivor i ränseln.

4

Det tog mig nog en timme att komma till Limmaren, precis som Gustaf hade sagt. Vårgrönskan var fortfarande ljus och löftesrik. Jag hade sällskap av bofinkar och lövsångare som sjöng i de skogar som vägen skar igenom. Jag såg på långt håll det vita huset där Gustafs kusin bodde. Det var ett stort och vackert hus med två våningar. Jag stannade ett tag när jag kommit närmare innan jag bestämde mig för att gå och knacka på. Dörren öppnades nästan genast och en tonårsflicka tittade ut. Hon såg ut att vara i min ålder och hade samma vackra blonda hår som Kerstin i Södersvik.

- Goddag. Jag heter Lars. Jag kommer för att träffa Gustaf.

Far hade lärt mig att man alltid ska presentera sig när man träffar nya människor. Flickan fnittrade bara och sade inte vad hon hette. Kanske var hon lite blyg. Däremot bad hon mig stiga in. Jag såg Gustaf sitta vid ett bord bredvid en man som jag antog var hans kusin. Han var lika blond som flickan och såg välmående ut.

- Nej men ser man på. Här kommer Lars från Åkerö. Kom och hälsa på min kusin.

Det var inte ofta jag träffade fint folk så jag visste inte riktigt hur man skulle uppföra sig. Jag gick fram och bockade när jag hälsade på bonden.

- Välkommen hit, pojk. Vill du ha lite brännvin innan färden?
- Jag är inte van att dricka brännvin och jag blev tvungen att dricka en del förut. Så jag måste nog tacka nej.

- Får man brännvin när man söker värvning nu för tiden, undrade Gustaf.

Det kändes i ansiktet att jag rodnade och jag såg att flickan som öppnat stod och tittade på mig.

- Det var så att det gick ganska bra för mig att skjuta. Tydligen sköt jag bättre än nån annan före mig. Far min har lärt mig att jaga så jag vet hur man gör. Även om jag inte har prövat en musköt förut. Men jag fick hjälp att ladda så det var bara att trycka av. Och sen ville dom att jag skulle dricka med dom. Och jag kunde inte säga nej. Fast jag blev lite snurrig.

Så här mycket brukade jag inte prata i vanliga fall. Jag var nog fortfarande rätt påverkad av brännvinet.

- Det var som attan, sade Gustaf. Inte anade jag att jag hade fått äran att ge skjuts åt en mästerskytt. Hur gick det med det andra? Blev du antagen?
- Ja, nu är jag tremänning.
- Då ber jag att få gratulera. Även om jag tycker det är fel att så unga pojkar ska ut och kriga.
- Det är nog inte tänkt att vi ska vara ute och strida. Mer att skydda vår hembygd.
- Låt oss hoppas att det blir så.

Nu var jag alldeles het i hela ansiktet. Det berodde nog både på att jag hade pratat så mycket och på flickan som verkade titta på mig hela tiden. Jag hoppades att vi skulle komma iväg snart. Och som tur var reste Gustaf sig upp.

- Då får jag väl vara lika snabb som du är duktig på att skjuta. Kom så ger vi oss av.
- Jag kan bära ner säckarna med rovor.
- Det är redan klart. Men tack ändå.

Bonden och den unga kvinnan följde oss till dörren och bonden gick med ända till vagnen.

- Lycklig resa nu, båda två. Och lycka till i armén.

Vi hoppade upp i vagnen och satte oss bägge två på kusk-bocken. Hästen hade fått både vila och mat och verkade pigg. Kanske längtade den hem. Gustaf och jag satt mest tysta. Jag trodde att han också hade fått en hel del brännvin. Men jag frågade inget om det. När vi kom till Nänninge stannade han och släppte av mig.

- Var rädd om dig, pojk. Och kom gärna och hälsa på nån gång. Det är bara att fråga efter Gustaf.
- Tack så mycket. Och stort tack för skjutsen. Jag hade nog inte klarat den här dan utan den.
- Desto bättre. Och så önskar jag dig lycka till. Och jag hoppas att du slipper ge dig ut och kriga. Ryssen är inte att leka med. Och jag tror att han kan komma vilken dag som helst.
- Jag hoppas också att jag slipper.

Vagnen rullade in på en mindre väg genom skogen och försvann ur mitt sikte. Under tiden vi suttit tysta hade jag fått en idé som jag inte kunde släppa. Kanske var det brännvinets fel. Jag var tung i benen trots att jag hade fått vila och jag ville korta ner min resväg. Jag skulle försöka ta mig över där Åkeröfjärden smalnar av innan man kommer in mot Södersvik. Det var nog i alla fall inte iskallt i vattnet och jag skulle tjäna in mycket tid på det. Kanske skulle det till och med vara lite skönt att svalka av sig efter denna varma dag. Och Mor skulle slippa vara orolig för mig onödigt länge för det skulle nog ta mig flera timmar att gå hela sträckan nu när jag var så trött.

När jag kom ner till det lilla sundet såg jag en liten eka som låg uppdragen på land med årorna i klykorna. I skärgården brukade man få låna varandras båtar om det var en nödsituation och det var det här. Nästan i alla fall. Så jag sjösatte ekan och rodde över för att lägga ifrån mig mina kläder och min ränsel. Så rodde jag tillbaka till Nänningesidan och drog upp båten så att den låg på land precis som när jag tog den. Sedan gick jag ner mot stranden och hoppades att ingen skulle se mig när jag simmade. Ingen båt syntes till i alla fall. Och jag såg inte heller någon människa.

Det var kallt och sved ordentligt i huden när jag klev ner i vattnet. Jag gick rakt ut. Far hade lärt mig att det inte är någon idé att tveka. Det blir bara värre då. Och så började jag simma. När jag var halvvägs över kände jag att jag började bli stel. Jag försökte tänka på annat och tog långa, kraftiga simtag. Den sista biten var det så grunt att jag kunde gå. Det var i alla fall skönt efteråt och jag satte mig på en sten för att torka i solen. Jag drack lite vatten och stoppade i mig det sista av brödet. Det var den skönaste stunden på hela dagen. Möjligen med undantag av när jag fick så mycket beröm för att jag hade klarat att träffa handsken.

5

Mor satt på en pinnstol utanför huset i kvällssolen. Hon var upptagen med att sy och hade inte upptäckt mig än. När solen lyste upp hennes ansikte märkte jag hur mager hon hade blivit. Det sista året hade varit mycket tungt för oss på Rådmansö och säkert för många andra i Roslagen. Skörden hade inte blivit så bra som vi hade hoppats förra året. Alla krav på försörjning av armén hade också bidragit till att vi inte hade tillräckligt att äta. Och inte hade vi så det räckte för att mätta våra djur heller. Och det betydde att kon gav mindre mjölk och hönorna färre ägg. Och grisen var så mager att man kunde tro att det var en byracka. Mor var den som åt minst av alla. Hon såg alltid till att vi barn fick i oss så mycket som möjligt. Men jag hade sett hur både Maria och Karl också hade blivit magrare. Och jag trodde att de hade slutat växa på längden. Men Pekka tog vad han behövde. Om det inte hade varit för att en kusin till Mor hade skickat en säck med kålrötter och en säck med kornmjöl till oss tidigt i våras så vet jag inte hur vi skulle ha klarat oss så här långt.

- God kväll, Mor. Hur står det till?
- Åh tack gode Gud att du är tillbaka. Jag har varit så orolig.
- Men jag sa ju åt Maria att jag skulle vara borta.
- Och fiska, ja. Men vår båt låg kvar. Och ingen hade sett dig nere vid sjön. Och ingen annan pojk hade gett sig ut på sjön heller. Men var har du varit?
- Jag har varit vid Frötuna kyrka och sökt värvning.
- Tok där. Ska du som är sexton år gå i din fars fotspår?
- Pekka sa att jag måste. Att det inte finns plats för mig här längre.
- Åh Herre min Je. Det har han aldrig berättat för mig. Och inte du heller.

- Jag ville inte göra dig orolig.
- Tror du jag blir mindre orolig nu?

Det gjorde ont att jag hade gjort Mor bekymrad. Det här var svårt för oss båda. Varken hon eller jag ville att jag skulle in i det militära.

- Nå, hur gick det? Tyckte dom inte att du var för ung?
- Jag sa först att jag är arton.
- Jag har alltid försökt lära dig att tala sanning.
- Sen sa jag som det är.
- Men tog dom emot dig ändå?
- Ja. Dom tyckte att jag sköt bra. Och det gjorde jag. Bättre än dom andra.
- Så du blev antagen.
- Ja, så blev det.
- Och när ska du lämna oss?
- I första hand ska vi på en övning om en vecka.
- Så du blir kvar här hemma ett tag till?
- Ja det är meningen att jag ska vara kvar nånstans här. Tillsvidare i alla fall. Om inget oväntat inträffar.
- Har du fått nånting i dig?
- Jag fick mat där. Lite fläsk till och med. Och jag tog med mig lite bröd hemifrån.
- Maria och Karl sover båda två.
- Och Pekka?
- Jag vet inte var han är.

Mor reste sig upp från stolen och jag gick fram och kramade om henne. Jag kände att hennes kind var våt. Det var som om det var mitt fel. Fast det egentligen var Pekka som låg bakom allt. Och kung Karl och hans krig förstås.

- Men hur kom du dit? Du har väl inte gått hela vägen?

- Jag fick skjuts i Nänninge med en torpare. Jag kunde åka med honom en bit tillbaka hem också. Och så simmade jag över vattnet vid Åkerösundet.
- Din stolle. Inte ska man väl simma när det är maj månad. Det kunde ha gått riktigt illa.
- Du vet att Far har lärt mig att simma ordentligt.
- Men det hjälper inte om det är så här kallt. Kroppen klarar det inte.
- Nu är jag hemma i alla fall.
- Ja, tack och lov för det. Jag hämtar lite svagdricka åt oss så kan vi sitta här och lyssna på fåglarna.

När Mor gått för att ta fram svagdricka gick jag och hämtade en stol till inifrån huset och satte mig att vänta. Det var en underbar majkväll. Det lät som om fåglarna också tyckte det. Koltrastar och rödhakar verkade tävla om vem som sjöng vackrast. Koltrasten var min favorit. En gång när Far och jag var ute och fiskade hade han sagt något underligt till mig. Om han dog så skulle han försöka bli en koltrast i nästa liv och sjunga för mig. Det var sådant som Mor inte fick höra. Hon hade alltid varit så bekymrad för att Far inte höll sig till den kristna tron. Men det kändes speciellt att höra koltrasten sjunga i kväll.

6

Hela tiden fram till i början av juli försökte jag hålla mig hemifrån så mycket som möjligt. Jag skötte mina uppgifter på torpet men sov i ladan när jag var hemma. Jag höll mig undan och fiskade så ofta jag kunde. Då brukade jag ligga ute i skärgården ett par dagar varje gång. Vår segelbåt förde mig snabbt ut till Kudoxa, Vidinge och Sundskär och ibland ända ut till Söderarms skärgård. Jag sov under bar himmel och njöt av friheten. Alfågeln hade gett sig av för länge sedan för att häcka norrut och jag saknade dess ständigt upprepade men fantasieggande läte. Ejderhonorna hade fått ungar och höll sig undan bland skären. De verkade hålla ihop i storfamiljer men hanarna hade förstås gett sig längre ut i ytterskärgården. Det slog mig att det var som det alltmer började se ut på Rådmansö. Mödrarna var hemma och skötte torpen medan fäderna var döda eller ute i krig. Jag brukade ha med mig ett nät och ett metspö och fick upp mycket fisk. Det blev mest gädda, abborre, gös och torsk. Det betydde mycket för familjen att jag på så sätt lyckades bidra till kampen mot svälten.

Och så var det Kerstin förstås. Hon kom från Södersvik och var torpardotter. Vi hade haft ögon för varandra sedan i julas och redan i början av maj kunde vår förälskelse fullbordas. En kväll följde hon med mig till vår lada och vi hade en lång natt tillsammans. Tyvärr ledde det till att hennes föräldrar, som förhört henne om var hon tillbringat natten, tvingade henne att flytta iväg från Rådmansö. Jag fick inte veta vart hon fördes men i mitten av juni fick jag ett brev från henne. Hon hade skrivit till en kvinnlig kusin, Margareta, och lagt brevet till mig i samma kuvert och bett henne att ge det till mig. Margareta kom förbi en söndag när jag höll på att förbereda båten för en segeltur och lämnade över brevet. Hon erbjöd sig också att se till att ett brev från mig till Kerstin skulle komma fram. Jag tackade och vi kom överens om att träffas på samma ställe om tre dagar, på kvällen. Jag gick upp en bit från stranden och satte mig i skydd av ett par enbuskar för att läsa. Jag sprättade upp kuvertet med min fiskkniv.

Min allra käraste Lars!

Jag saknar dig varje morgon när jag vaknar. Sedan håller denna smärtande längtan mig i ett hårt grepp hela dagen tills jag slutligen lyckas somna efter många timmars sömnlöshet i sängen. Jag önskar så att jag hade dig här hos mig. Jag är hos släktingar i Uppsala och jag får inte ge dig min adress. Men min kusin, Margareta, kan hjälpa oss att hålla kontakt.

Jag har det bra på andra sätt. Jag får tillräckligt med mat och jag har bara lättsamma arbetsuppgifter. Om du skriver till mig så kan du lindra min smärta i alla fall för en liten stund.

Som du nog har förstått blev jag förhörd av mina föräldrar efter vår natt i ladan. Min far slog mig med sitt bälte och jag var förtvivlad. Dagen efter blev jag tvungen att flytta hit och jag fick inte ens ta farväl av dig.

Med de varmaste hälsningar från din förälskade Kerstin

Det var inte ofta jag brukade gråta men denna gång kunde jag inte stå emot. Jag såg inget slut på mina svårigheter. Jag tänkte först att jag skulle resa till Uppsala men det skulle nog bli svårt att hitta Kerstin. Jag visste att Uppsala var mycket större än Norrtälje och jag hade ingen aning om var jag skulle börja leta. Och jag ville inte ställa till det för Margareta genom att pressa henne att lämna ut adressen.

Nästa dag hade jag fått tag i ett papper och ett kuvert och jag satte mig att skriva, ensam ute på en udde. Jag hade med mig en finhyvlad brädbit som underlag så att jag inte skulle förstöra papperet. Jag hade också tagit med mig mina skrivdon som jag hade fått ärva efter Far. Det var ett bläckhorn som fortfarande hade lite bläck kvar. Och så en vingfjäderpenna från en ejderhona. Far hade gjort spetsen vass så att man skulle kunna skriva fint. Jag var glad att han hade varit så angelägen om att jag skulle lära mig att skriva ordentligt.

Det var svårt att komma i gång. Det var inte bara för att det kändes så sorgligt. Det var också för att jag visste att jag inte kunde uttrycka mig lika fint som Kerstin. Hennes mor hade som tonåring varit piga i en kyrkoherdefamilj. Prästen hade märkt hennes begåvning och hade ägnat mycket tid åt att lära henne läsa och skriva. Jag misstänkte att han hade önskat sig vissa gentjänster men jag ville inte fråga. Modern hade i sin tur fört vidare sina skrivkunskaper till Kerstin.

Kära Kerstin!

Stort tack för Ditt brev som gjorde mig både ledsen och glad. Jag saknar Dig mycket och det gör mig ont att läsa att Du lider så. Jag har det svårt här också. Pekka vill inte ha mig kvar som Du vet. Han har tvingat mig att söka värvning som soldat. Bli inte orolig. Det är inte meningen att jag ska ut i krig. Jag kommer bara att hålla på med underhåll och spaning. Jag längtar till den dag då vi kan träffas igen. Kanske blir jag inkallad till tjänstgöring eftersom ryssen verkar knacka på vår dörr. Skriv då gärna till mig. Min adress är Lars Eriksson, Upplands tremänningar till fot.

Med kära hälsningar, Lars

Det lät underligt med tremänningar "till fot" men jag hade fått lära mig att vi kallades så. Det var för att skilja vårt regemente från dem som bestod av ryttare och därför kallades "till häst". Det blev i alla fall bara tre bläckplumpar i brevet så jag tyckte att det fick duga. Margareta dök upp den kväll som vi hade kommit överens om och jag lämnade det igenklistrade kuvertet till henne. Hon verkade orolig och gav sig genast iväg igen. Jag förstod att hon utsatte sig för fara när hon agerade sändebud så här. Och det blev vår sista kontakt innan allt kom att förändras.

7

Det hade varit en lyckosam tur till Söderarms skärgård. Nattens fiske hade gett mig två fina gäddor, en stor och fet torsk och tolv präktiga abborrar. Det var en ovanlig, nästan overklig morgon. En lätt bris hade vaknat till liv och skira dimmoln gled sakta fram strax ovanför vattenytan. Jag höll just på att rensa mitt nät när jag hörde en kraftig smäll från havet. Jag förstod på en gång vad det var frågan om – nu var ryssen på väg. Det måste ha varit vårt kustspaningsfartyg som avlossat ett varningsskott med kanon.

Kriget hade varit som en avlägsen fantasi för mig under de sammanlagt tre övningar som vi hade haft i vårt regemente under sommaren. Vi hade övat skytte och tältresning men inte mycket mer. Det hade märkligt nog blivit som en återkommande ritual som snarast hade fått oss att hålla tankarna på kriget borta. Men nu insåg jag att det hade blivit allvar. Jag förstod att jag måste inställa mig omgående i Frötuna. Det var så man hade sagt. Nu skulle vi skydda vår hembygd. Jag stuvade in nätet och lade alla fiskarna under förtoften. Så satte jag segel och gav mig iväg hemåt. Jag kunde se två vårdkasar som hade antänts. De ingick i ett varningssystem av vedsamlingar som placerats på höga platser med jämna mellanrum. När den första tänts såg de ansvariga för den andra detta och tände sin kase som sedan sågs av dem som hade ansvar för den tredje. På så sätt fortsatte eldarna att tändas och sprida budskapet om anfall ända till vår flotta i Vaxholm och vår drottning i Stockholm.

Det gick inte så fort att segla även om det turligt nog hade blåst upp lite grann. Jag vågade inte ro eftersom det var svårt att navigera i den inre delen av Söderarmsskärgården. Det vore som en mardröm att gå på grund just nu. Dimman hade lättat och sikten var god. Ideligen vände jag mig om för att spana men jag kunde inte upptäcka några ryska krigsfartyg. Däremot såg jag på långt håll en ensam båt som närmade sig Rådmansölandet. Jag trodde att det kunde vara den svenska galären som hade skjutit varningsskottet.

Efter en halvtimme hade jag öppet vatten. Då surrade jag fast rorkulten och satte mig att ro. Farten ökade betydligt, särskilt som jag nu fick hjälp av den tilltagande sjöbrisen. Jag gissade att de ryska båtarna antingen skulle gå in i närheten av Kapellskär på Rådmansö eller fortsätta mot Furusund och vidare mot Stockholm. Jag visste inte hur långt ut på Ålands hav de befann sig. För säkerhets skull höll jag mig en bra bit från Rådmansölandet. Jag tänkte gå mellan Vidinge och Sundskär och därefter fortsätta söder om Gräskö. Jag trodde att det skulle vara den tryggaste vägen på min färd hem till Åkeröviken. Och Far hade lärt mig att navigera i dessa vatten.

Kanske en timme efter att jag hört skottet hade jag passerat norr om Vidinge och kommit ut på Gräsköfjärden. Eftersom jag både gick för segel och rodde höll jag hela tiden uppsikt ut mot Ålands hav men ännu hade jag inte sett något som såg ut som en annalkande rysk flotta. Nu var sikten hindrad av Sundskär och snart skulle jag komma i skydd av Gräskölandet. Jag vilade mig ett tag från rodden och passade på att justera kursen. Snart hade jag rundat Gräskö och kommit ut på den stora Furusundsleden. Jag såg inga båtar här heller, förutom en roddbåt som verkade vara på väg åt samma håll som jag. Den roddes av en man och i aktern satt en kvinna med två små barn. Antagligen hade de dragit samma slutsats som jag och försökte nu rädda sig in mot fastlandet. Jag bestämde mig för att anropa dem och höll upp med årorna.

- Hörde ni skottet?
- Det gick inte att undvika. Ryssen är på väg.
- Och vart ska ni?
- Vi tar oss från Gräskö in till Åkeröviken.
- Jag med. Jag bor där.
- Det går säkert inte att stanna i Åkerö. Har vi tur så kan vi gömma båten där. Men sen måste vi längre in i landet.
- Behöver ni nån hjälp?
- Nej, det här går bra. Men tack ska du ha. Vi är snart framme och jag har krafter kvar.

Det var ont om tid och jag fortsatte med både segel och åror in mot Rådmansölandet. Nu var jag i mina hemmavatten. Jag passerade Ålandet och hade StorAsken på babordssidan. Snart var jag inne i Åkeröfjärden och tog ner seglet. Jag hade tänkt ut en plats där jag skulle kunna gömma båten under ett buskage. Där skulle man inte kunna se den från vattnet. Från landsidan skulle nog ingen komma på tanken att tränga sig igenom det täta buskaget för ett se om det låg en båt någonstans. Det skulle säkert finnas mer lättåtkomliga byten för ryssen. Först rodde jag in till vår vanliga plats och lade min packning, nätet, seglet och fiskarna i land. Sedan rodde jag till gömstället. Vassen var tät en sex-sju famnar[2] ut från stranden och det var inte så lätt att få in båten till strandkanten. När jag hade kommit till fast mark drog jag henne så långt in i snåren som jag orkade. Jag lyfte upp masten och lade den bredvid båten så att den inte skulle kunna avslöja gömstället. Sedan tog jag av mig mina byxor och vadade tillbaka längs stranden. Det var svårt att gå i vassen men det taggiga snårbuskaget innanför verkade ännu värre.

---

[2] En famn motsvarar ungefär 1,8 meter.

När jag kom upp med alla mina saker stod Mor och väntade utanför huset. Jag såg att hon var orolig. Mina syskon klängde i hennes kjolar.

- Åh så skönt att du kommer. Vi har varit så oroliga.
- Hörde ni smällen?
- Ja. Vad var det? Var det ryssen?
- Det var ett varningsskott från ett svenskt spanings-fartyg.
- Var har du varit?
- Jag har varit i Söderarm och fiskat. Så jag hörde smällen tydligt och gav mig av hemåt på en gång. Men jag såg inga ryska båtar.
- Var du så långt borta. Då har du kommit hem snabbt.
- Jag har både rott och haft segel uppe.
- Och vad ska du göra nu?
- Jag måste ge mig av till Frötuna och mitt regemente. Det är så det är bestämt.
- Men vad ska det bli av oss?
- Tar inte Pekka hand om er?
- Han gav sig av för två dar sen. Han sa att han skulle till släktingar i norra Sverige. Jag tror han är på väg till Finland.
- Vilket svin. Far hade säkert rätt i att han tjuvfiskade också.
- Jag tror att han hade fått order om att inställa sig vid sitt regemente. Men han sa inget till mig om det. Tror du vi kan vara kvar här?
- Jag träffade en familj från Gräskö ute på Furusundsfjärden. Mannen trodde att det kunde vara farligt att stanna i Åkerö.
- Men vart ska vi ta vägen?

Nu ställdes jag inför ett nytt problem. Jag var tvungen att inställa mig i Frötuna så snabbt jag kunde. Det skulle bli stränga straff för den som uteblev. Och här stod min mor och mina småsyskon och hade ingen som tog ansvar för dem. Och risken var stor att det skulle dyka upp ryssar här när som helst och ställa till med svårigheter. Jag kom fram till att den enda lösningen var att vi alla fyra gav oss iväg i riktning mot Frötuna. Jag visste att Mor hade en morbror i Penningby som inte låg så långt bort från vårt samlingsställe vid kyrkan.

- Mor, vi måste ge oss av tillsammans. Jag går och hämtar båten.
- Har du inte den med dig?
- Nej, jag gömde den i busksnåret i stora vassviken. Så att ryssen inte kan upptäcka den.
- Men inte kan vi väl ta båten?
- Jag tror att man måste komma så långt från den yttre skärgården som möjligt. Det finns en risk att ryssen går iland nånstans vid Kapellskär. Och då vet man aldrig hur snabbt det kan gå.
- Men vart ska vi ta oss med båten?
- Vi fortsätter västerut utmed kusten. Vi kan ta oss förbi Spillersboda och ända fram till Spraggarboda, inanför Solö. Vi kan lägga båten där och sedan får vi gå till Penningby. Där har du ju din morbror.
- Tror du han kan ta emot oss så där på en gång?
- Är det krig så måste alla ställa upp. Och sen kan du planera med honom ifall du ska fortsätta ännu längre in mot land.
- Ska vi bara lämna vårt torp?
- Det är inte vårt längre. Det kommer väl nån ny Pekka och flyttar in.
- Jag tror att du har rätt. Jag plockar ihop allt som är värdefullt och lite kläder.
- Och kanske du kan be Gunnar att ta hand om våra djur.
- Jag ska prata med honom om det.

Om ryssarna kom så var väl frågan bara om de skulle slakta djuren eller ta dem med sig. Eller om de bara skulle döda dem och låta kropparna ligga kvar. Mina småsyskon stod med gapande munnar och tittade på mig. Jag tyckte så synd om dem men jag kunde inte komma på någon bättre lösning. Jag vände mig till Maria.

- Du kan göra i ordning lite av fisken så att vi får i oss lite mat innan vi ger oss iväg. Och du Karl får fylla vatten i Fars vattensäck.

De var vana att ta ansvar hemma och de här uppgifterna skulle de klara. Jag hade sett att Maria var duktig på att rensa fisk. Jag skyndade mig iväg tillbaka till båten, samma väg som när jag lämnade den. Det var lite försmädligt att jag hade lagt ner så mycket arbete på att dra upp båten. Nu skulle allt detta arbete göras ogjort. Jag mastade på igen och började arbetet med sjösättningen. Det var tungt att få ut den igen genom all vass men till sist lyckades jag nå fritt vatten. När jag kom tillbaka till torpet stekte Maria redan gäddorna på härden. Torsken hade hon rensat men hon hade inte hunnit med abborrarna. De fiskarna hade hon packat ner i Mors matkorg. Hon hade också tagit fram bröd. Mor verkade samlad och började prata på en gång.

- Jag har ställt allt som jag vill ha med framför huset. Får det plats?

Det var ingen stor packning, vi hade inte så många saker. Där fanns en säck med kläder, korgen med matvaror, vattensäcken och en korg till med lite köksredskap och några småsaker. Jag tog också med Fars ränsel och stoppade ner den rock som jag hade fått istället för uniform och lite andra kläder. Vi tog också med en liten lastvagn som Far hade byggt. Den hade fyra hjul och ett rep som satt fast i den främre delen. Med hjälp av det kunde man dra vagnen med sig och vi skulle på så sätt slippa bära vår packning.

    - Det blir bra. Nu äter vi snabbt så att vi kan komma iväg.

Aldrig hade en måltid hemma gått så fort men vi fick i oss hela gäddan och allt bröd som Mor hade ställt fram. Sedan gick vi ner mot sjön. All packning hade fått plats i vagnen som jag drog. När vi hade fått ner allt i båten klev vi i själva, en efter en, och jag började ro. Det var ingen idé att sätta segel än. Vi hade nästan motvind ut genom Åkeröfjärden och viken vid Bussholmen så jag fick ro hela denna sträcka. Det var tungt mot vinden och med fyra personer i båten men jag hade inget val. När vi passerat Sundholmen och Bredholmen och tog av västerut skulle det nog gå bra att segla. Jag trodde att vi skulle få vinden in snett bakifrån. Och jag hade rätt. Turligt nog hade vinden också friskat i så vi fick god fart när seglet väl kom upp. Jag trodde inte att årorna skulle vara till någon större nytta längre så jag kunde slappna av och ägna mig åt att navigera. Det här var vatten som jag hade varit i många gånger och jag visste var alla grund fanns. Jag skulle tro att vi hade fyra sjömil[3] kvar och vi höll säkert en fart på minst fyra knop. Så inom en timme kunde vi vara framme vid vårt första etappmål.

---

[3] En sjömil motsvarar 1 852 meter.

8

Det kunde ha varit en behaglig segeltur genom en vacker skärgård i bra vind och vackert väder. I själva verket var det en förfärlig resa. Vi lämnade det som hade varit vårt hem för att antagligen aldrig återvända. I alla fall inte till det som varit vårt torp. Vi var inte säkra på vårt mål och vi fruktade för våra liv. Mor satt mitt i båten och höll om Maria och Karl. Alla var tysta förutom när Maria bad om en kniv för att rensa de abborrar som hon inte hade hunnit med förut. Mor hjälpte henne och vi hade snart ett moln av fiskmåsar efter oss som slogs om fiskrenset som kastats ut från båten.

När vi kom till Spraggarboda släppte jag först i land de andra med packningen vid en brygga. Jag sade åt Mor att de skulle börja gå i riktning mot Penningby. Det fanns bara en väg att välja på så vi skulle lätt kunna återse varandra när jag kom efter. Sedan valde jag ut ett ställe där vår båt i bästa fall skulle kunna förbli oupptäckt av ryssen. Det var inte lika tjockt buskage som vid det förra gömstället men det fick duga. Jag plockade av masten, precis som förra gången, och lade den bredvid. Jag lyckades också vända på båten genom att använda en kraftig gren som spett. Det gjorde att jag kunde lägga årorna och seglet under båten och därmed i skydd för regn. Jag tog mig sedan utmed landsvägen till de andra. De hade hunnit högst en halv fjärdingsväg. Mor såg trött ut. Det hade nog varit tungt för henne att dra vagnen ensam. Jag föreslog att vi skulle göra ett kort uppehåll för att dricka vatten. Det var lätt att få med de andra på det förslaget.

Efter denna korta vila var det jag som drog vagnen. Mor hade packat omsorgsfullt och vagnen var väl balanserad. Jag var tacksam att Far hade varit en så duktig snickare att han kunnat göra en så smidig vagn. Det tog ändå på krafterna att dra den och värre blev det när Karl började kinka. Då satte vi honom också på vagnen. Vi gjorde ett nytt upphåll ganska snart och stannade vid den smala vik som tränger in i kusten från Hysingsvik. Jag trodde att vi hade kommit drygt halvvägs till Penningby. Vi tog mera vatten och lite bröd. Karl grät. Han ville åka hem. Jag försökte förklara men han förstod inte. Han fick sitta i vagnen hela vägen till Penningby. Maria däremot gick själv bredvid Mor. Förutom Karls gnällande av och till var vi helt tysta. Jag hade repet omväxlande över vänster och höger axel men började få skavsår på båda sidorna. Det blev allt varmare men på grund av skavsåren kunde jag inte ta av mig skjortan.

Vi gjorde inga fler uppehåll innan Penningby. När vi väl hade kommit dit fick vi fråga oss fram till Mors morbror, Alfred. Han bodde med sin fru i en torparstuga som låg strax utanför en liten by. Huset såg så fridfullt ut i eftermiddagssolen när vi kom. Mor knackade på och det var Alfred själv som öppnade.

- Men Sofia. Så roligt att se dig. Det var verkligen oväntat.
- Förlåt, morbror, att vi kommer så här. Men vi är i stor nöd.
- Är det ryssen? Vi hörde talas om ett skott i förmiddags.
- Vi tror det. Lars hörde skottet.

Alfred såg på mig som om han just hade upptäckt mig och jag steg fram och tog hans hand. Jag tyckte han såg underlig ut med sitt långa och toviga skägg. Så tog jag till orda.

- Det var ett varningsskott från ett svenskt spanings-fartyg. Ryssen är på väg.

- Och vi tror att han kommer till Rådmansö, fortsatte Mor. Vi vågade inte vara kvar i Åkerö.
- Det förstår jag. Och nu söker ni hjälp här?
- Ja, morbror. Så är det faktiskt. Jag ber om ursäkt att vi kommer så här utan att ha hört av oss.
- Hur skulle ni ha kunnat göra det. Och det är klart att ni får stanna. Vi har dom två inbyggda sängarna i rummet att erbjuda. Ja, du vet hur det ser ut. Det är ju nästan som hos er. Gumman och jag sover kvar i kammaren.
- Tack snälla morbror. Vi ska försöka vara till så lite besvär som möjligt. Och Lars kommer inte att stanna.
- Och vart ska du bege dig, pojk?
- Jag ska till mitt regemente. Upplands tremänningar till fot. Vi ska samlas i Frötuna. Det är så det är sagt att vi ska göra om vi hör ett varningsskott.
- Sofia, din far och din man har dött i dom galna svenska krigen. Kan du inte hålla din son hemma?

Det var första gången jag fick höra att min morfar också hade dött i krig. Jag trodde bara att han hade varit torpare. Jag hade aldrig träffat honom. Mormor hade däremot bott med oss när jag var liten men hon dog i lunginflammation innan mina syskon var födda.

- Ingen vill det mer än jag. Men Pekka har kört ut honom.
- Vilken Pekka?
- Det var den soldat som tog över torpet. Han fick mig på köpet.
- Men var är han? Har han anslutit sig till sitt regemente?
- Nej, han har flytt. Han gav sig av i förrgår kväll.
- Då är han farligt ute. Det blir krigsrätt om han tas till fånga. Och antagligen dödsstraff.

- Ja, nu är han i alla fall borta.
- Men då kan väl Lars stanna hemma?
- Inte nu när han redan är i armén. Då blir han också straffad.
- Jag förstår. Desto större anledning att du stannar här med dina två små. Greta kommer att bli glad. Men vi har inte mycket till mat.
- Vi har med oss lite grann. Idag kan vi äta torsk och abborre som Lars har fiskat upp i morse. Och i dom här skogarna kan det väl bli en hel del bär och lavar.
- Varken Greta eller jag orkar med det längre. Men du kan säkert hitta.

Det här gick mycket bättre än vad jag hade vågat hoppas. Här skulle jag kunna lämna dem. Även om det tog emot att gå ifrån dem nu. Men jag var tvungen.

- Men en sak vill jag säga, fortsatte Alfred. Vi har funderat på om vi inte borde flytta längre in i landet. Om det är så att ryssen har kommit. Fast dom har väl inte så mycket glädje av en gammal gubbe och en lika gammal käring. Men å andra sidan vet man aldrig vad ryssen tar sig för.

Efter ett tag kom Greta också ut. Hon såg äldre ut än Alfred, hopsjunken och bräcklig. Kanske skulle de två ha nytta av att Mor och mina syskon kom till dem. Deras enda barn, Karl Alfred, hade flyttat till Enköping med sin familj för många år sedan. Jag visste inte hur mycket kontakt han hade med föräldrarna och jag ville inte fråga. Efter att vi hade bjudits på svagdricka och suttit ett tag tillsammans tog jag farväl av alla och gav mig iväg. Mor grät och Karl likaså. Maria stod lite vid sidan om och tittade ner i marken. Jag tog på mig Fars ränsel med mina soldatkläder. Nu skulle jag norrut mot Frötuna. Det var fortfarande eftermiddag. Kanske skulle jag hinna i tid.

9

Det var nog bara fyra fjärdingsvägar att vandra men det var tungt att börja gå igen. Det var i alla fall lättare när jag inte behövde dra vagnen. Särskilt som när Karl hade suttit i den. Jag var alldeles stel i kroppen. Det hade varit en lång dag och jag hade rott mer än någon gång tidigare i mitt liv. Jag hade släpat båten upp och ner för stränder ett par gånger. Jag hade burit tunga saker och dragit vagnen. Det kändes ändå som en lättnad att komma iväg och att jag hade sett till att Mor och barnen var i skydd. Så mycket skydd som det nu var. Men jag kunde inte göra mer nu.

När jag gick där på landsvägen med solen i ryggen gled jag in i ett märkligt tillstånd. Det var som mitt emellan dröm och verklighet. Jag fick för mig att Kerstin fanns i närheten men jag visste samtidigt att hon var långt borta. Det gjorde ont. Jag tyckte det var för mycket som hade gått på tok för mig det sista halvåret. Och jag såg ingen ljusning även om det kanske kunde bli bättre längre fram. Det viktigaste nu var ryssarna och vad de skulle ta sig för.

Efter vad jag trodde var halva vägen satte jag mig vid vägkanten för att vila. Jag drack lite vatten och åt en brödkaka som jag hade fått av Greta. Inga vagnar hade kommit förbi. Det var som om allt hade stannat upp i väntan på ryssens nästa steg. Jag vågade inte lägga mig ner för då skulle jag antagligen somna. Jag var rädd för att komma för sent och kanske bli bestraffad. Jag reste mig upp och började gå igen. Det tog emot i början men lättade efter ett tag. Ränselns remmar tryckte precis där jag hade haft vagnens rep och jag gissade att det inte såg så vackert ut om jag tog av mig skjortan. Jag hade lyckats töja ut skorna lite grann hemma genom att blöta upp dem och pressa in tygtrasor. Trots det var de fortfarande för små för mina fötter och det sved ordentligt i skavsåren.

Så dök Kyrksjön upp på vänster hand och jag kunde skymta kyrktornet i Frötuna. Det gav mig ny kraft och jag började gå lite fortare. När jag kom närmare kyrkbacken såg jag att mycket folk hade samlats där. Det såg ut ungefär som vid rekryteringsmötet men det var ännu fler personer i rörelse. Jag såg att översten satt vid samma bord som sist, även denna gång omgiven av två män. Jag tog mig fram dit och ställde mig i kön. Det verkade vara många som var lika sena som jag och kön efter mig växte fort. När jag stod framför översten såg han på mig och log lika vänligt som första gången på rekryteringsmötet.

- Är det inte Björnen som har vaknat ur sitt ide. Har du fått skjuts den här gången också?
- Nej, överste. Jag var tvungen att se till att min mor och mina småsyskon kom till ett lugnare ställe än Åkerö.
- Det var klokt av dig. Hur var det med den där soldaten som kom efter dig? Jag har glömt hans namn.
- Pekka.
- Javisst. Han måste höra till ett annat regemente för jag känner inte igen hans namn. Kunde inte han hjälpa familjen?
- Han var inte hemma.
- Så han var tvungen att ge sig iväg före dig.

Det var nog bäst att inte säga något om Pekka så jag undvek att svara.

- Och var var du nånstans när du hörde kanonskottet?
- I Söderarm, överste.

- Det var som bövelen. Det var lång väg hem. Vad gjorde du där?
- Jag var ute och fiskade så att familjen skulle få mat på bordet.

Det var för omständligt att säga "överste" hela tiden. Han fick väl säga ifrån om det blev för lite.

- Såg du till några ryska båtar?
- Nej. Och jag kunde se ända in mot Kapellskär.
- Fick du ro hem?
- Vi har en gaffelriggad[4] båt så jag kunde segla också. Det var rätt vind. Och sen hämtade jag familjen i Åkerö. Och så rodde jag ut och satte segel mot Spraggarboda. Sen gick vi till Penningby. Och där lämnade jag Mor och mina syskon. Och sista biten har jag gått ensam.
- Det var ett gott dagsverke. Det här regementet kommer säkert att få nytta av dig.
- Kommer jag att få uniform nu, överste?
- Nej, tyvärr. Det är bönderna som har gått ihop om dig som måste utrusta dig.
- Jag har bara fått en rock.
- Det går bra. Det viktigaste är inte hur vi ser ut utan vad vi gör. Och nu ska vi pricka av dig och sen får du söka upp ett tält. Korpralen här bredvid ger dig anvisningar om hur du ska gå. Och så måste du vila ordentligt efter din mödosamma dag. Är det nåt du vill fråga om?
- Vet man nånting om ryssarna har landstigit på Rådmansö eller om dom seglar direkt mot Stockholm?

---

[4] Gaffelrigg betyder att ett segel inte bara är fäst i masten och bommen utan också i en övre "bom" som kallas gaffel.

- Nej, men vi inväntar rapport. Jag kommer att kalla till samling när vi vet mer.
- Har vi fått veta vilken uppgift regementet kommer att få?
- Du får ge dig till tåls, min pojk. Just nu kan jag inget annat säga än att vi sover här i natt och inväntar alla som ska komma.
- Tack, överste.

Korpralen förde mig bort till vad som liknade ett tältläger nere vid sjön. Det visade sig att jag skulle till de tält som låg längst bort. På vägen dit väntade vår furir, Sture Larsson, som hade ansvar för den pluton som jag tillhörde. Han kom från Rådmanby och var i fyrtioårsåldern.

- Ser man på, Björnen kommer också.
- Är det fler som har kommit?
- Sju av arton är här, åtta med dig. Det är nog många som har det svårt att ta sig hit.
- Är det här våra tält?
- Ja, vi har fyra stycken. Du kan ta det vänstra. Du är först i det.
- Har vi nån utrustning att hämta ut?
- Nej, tyvärr. Det finns inget att få tag i. Det är tomt i alla militärförråd. Och tomt i pengabörsen.

Han skrattade åt det han själv sagt som om han tyckte att det var ett roligt skämt. Jag tyckte om honom även om han kanske verkade lite barnslig ibland. Men han var rättrådig.

- Och vad kommer att hända nu?
- Jag vet inte mer än du. Översten ska samla oss till kvällen när så många som möjligt har kommit.
- Har du hört nåt om ryssen?
- Nej, bara att han ligger nånstans ute vid Söderarm. Men det har du säkert hört om.

- Jag var därute när skottet gick.
- Såg du några ryska båtar?
- Nej, men jag tror att jag såg den svenska galären som sköt varningsskottet. Inget mer. Jag tog mig in åt andra hållet.
- Hem mot Åkerö?
- Just det. Och tog min mor och mina småsyskon till Penningby.
- Det har varit en lång dag för dig. Gå och lägg dig i tältet och försök att sova. Vi behöver alla krafter vi kan samla på oss. Jag kan väcka dig när översten ska tala.

På vägen mot tältet hade jag passerat dragonernas[5] hästar som såg magra ut. De hade inte heller haft tillräckligt att äta på länge. Nu kunde de i alla fall beta av gräset på sluttningarna ner mot sjön. Dragonerna hade gjort en provisorisk inhägnad för sina hästar med hjälp av rep och pinnar som de slagit ner i marken. Och hästarna verkade finna sig i denna gränsmarkering. Man hade också fått fram en rejäl ho där hästarna kunde dricka vatten.

Det var samma typ av tält som vi hade övat att resa många gånger. Jag hade hört att man kunde ha en kamin i tältet men det var det sista vi behövde denna varma sommar. Jag ställde ner Fars ränsel och plockade fram min svarta rock. Den var det enda jag hade att ligga på. Ränseln fick bli kudde. Så tog jag av mig skorna. Mer behövdes inte för att jag skulle somna. Jag var helt slut.

---

[5] Dragoner var soldater som hade hästar för att förflytta sig men som stred till fots.

10

När Sture ruskade om mig visste jag först inte var jag befann mig någonstans.

- Kom nu Björnen. Du får inte komma för sent till överstens samling.

Hans uppmaning fick mig att minnas de allvarliga omständigheterna. Jag reste mig och fick på mig skorna. Smärtorna från skavsåren kom tillbaka direkt men jag skämdes inför möjligheten att gå barfota. Jag lät rocken och ränseln ligga kvar och skyndade mig iväg. Det var fortfarande en stund kvar till skymningen så jag kunde inte ha sovit så länge. Jag försökte hinna ifatt Sture som var på väg upp mot kyrkbacken. Det första jag märkte var att det hade kommit fler soldater nu. Det var en brokig samling av män i olika åldrar. En del hade karolineruniform men många var som jag klädda i vardagskläder. Översten stod ensam på en liten kulle. Det såg ut som om han förberedde sig för att börja tala.

- Soldater. Jag är stolt över att se så många av er framför mig. Kraftfulla svenska män beredda att försvara fosterlandet. Vi har idag kallats hit genom att våra tappra gränsspanare har avlossat ett skott från sin galär för att varna för att den ryska flottan är på väg. Några av er har kanske också sett vårdkasarna brinna.

Han gjorde ett uppehåll och såg sig omkring. Det var alldeles tyst. Endast en korp, som flög över kyrkbacken, vågade störa översten med sitt hesa skriande.

- Jag har alldeles nyss nåtts av upplysningar från vår postering vid Kapellskär. Vi har haft fyrtio män förlagda dit under ledning av kapten Balck. Ett sändebud från kompaniet har meddelat att man tyvärr blev tvungen att överge posteringen när den ryska flottan med hundratals galärer och andra båtar angjorde den svenska kusten. De har ankrat upp mellan Kapellskär och Koholma. Våra mannar har omgrupperats till Nänningesund. Det har tyvärr inte varit möjligt för dom att möta denna till antalet så överlägsna fiende i strid.

- Har ryssen börjat elda än, ropade en rödbrusig soldat som stod en bit ifrån mig.

- Jag hör en fråga om eldning. Jag ska besvara den men jag vill framhålla att jag vill tala till punkt innan jag tar emot ytterligare frågor. Såvitt vi vet har ryssarna endast stuckit krogen i Kapellskär i brand. Vi kan inte utesluta att ryssarna har anlagt fler bränder efter det att våra soldater lämnat sina posteringar. Vi vet också att ett antal kosacker[6] har ridit ut i omgivningarna för att rekognosera. Som dom brukar göra. Vi befarar att dom också kommer att leta efter svenskar som kan tjänstgöra som tolkar och vägvisare. Vi har tyvärr ingen möjlighet att förhindra detta.

Det hördes ett mumlande bland soldaterna. Många hade anhöriga kvar på Rådmansö och dessa hade kanske inte hunnit sätta sig i säkerhet ännu.

- Lystring. Vi utgår från att varningarna har nått Stockholm. Vi avvaktar nu order från vår över-befälhavare, prins Fredrik. Jag kan tänka mig att vi beordras att gå till attack mot fienden. Men med hänsyn till att vi har klent med artilleri och är betyd-ligt färre än ryssarna så håller jag för mer troligt att vi

---

[6] Kosacker var soldater med ursprung från folkstammar i bland annat södra Ryssland med stark grupptillhörighet och väletablerade militära traditioner, särskilt till häst.

beordras att ta oss till huvudstaden för att garantera dess försvar. Klart är att vi stannar här över natten. Därmed är tillkännagivandet klart.

Den rödbrusige soldaten, klädd i samma sorts rock som jag hade fått, ställde en fråga till.

- Har vi inte skyldighet att först och främst försvara våra anhöriga och vänner på Rådmansö och trakterna runt omkring? Det är väl inte rimligt att alla svenska trupper ska samlas kring Stockholm?
- Jag ber att få uppmana soldaten att avstå från att kritisera vår ledning. Den och endast den har den samlade bilden av läget och kan göra bedömningar av vad som bäst gagnar rikets säkerhet. Kritik av detta slag kommer inte att tolereras. Den svenska armén leds inte av en pöbel.

Soldaten som hade ställt frågan hade egentligen helt rätt. Man hade hela tiden sagt till oss att vi skulle vara som ett skydd för vår hembygd om den ordinarie armén var upptagen på annat håll. Nu skulle det tydligen inte alls vara så. Vi skulle få helt nya uppgifter.

Några vänner till den rödbrusige hindrade honom från att ställa någon mer fråga. De ledde iväg honom så att han kom utom hörhåll för översten. Han hade nog fått för mycket brännvin. I alla fall skulle aldrig jag ha vågat fråga som han hade gjort. En annan soldat i karolineruniform ställde nästa fråga.

- Överste. Hur många dar kan vi ha att göra fram till Stockholm? Om vi nu ska dit.
- Vi bör kunna göra en samlad marsch till Stockholm på två eller möjligen tre dagar. Jag vill passa på att säga att vi som har samlats här idag kommer från olika

regementen och att vi därför kan få olika uppdrag. Om vi nu inte tillsammans beordras att stanna och strida på Rådmansö. Fler frågor?

- Kommer vi som inte har fått uniformer att få kompletterande utrustning, frågade en annan soldat.
- Tyvärr finns det inga möjligheter att lämna ut ytterligare utrustning. Som ni säkert vet är arméns tillgångar starkt beskurna efter att vi tvingats strida i så många år för vårt land. Därmed förklarar jag denna samling avslutad. Vi kommer nu att äta kvällsmål tillsammans. Vi gör allt vad vi kan för att ni ska få god och riklig mat. Jag vet att det har funnits brister förut i detta avseende. Och jag vill uppmana er att hålla er i god form så att vi kan bryta upp tidigt i morgon bitti om så skulle behövas.

Maten som översten talat om visade sig vara fläsksoppa. Jag tog två omgångar och blev riktigt mätt. Jag satt och pratade med mina tältkamrater ända tills det blev mörkt. De kom också från Rådmansö och hade hört skottet i morse och alla hade dragit samma slutsats som jag hade gjort. De kunde också berätta att folk hade flytt från sina gårdar in mot landet. De som hann hade tagit med sig det som kunde vara värdefullt eller viktigt. En dräng från Rådmanby hade stannat kvar för att se till djuren och de två plutonskamraterna från samma by var nu mycket oroliga för honom. Det gick många rykten om hur grymt kosackerna behandlade tillfångatagna. Jag försökte att inte lyssna på sådana berättelser.

På något sätt hade en tunna brännvin kommit fram och vi delade den med våra andra fem plutonskamrater i granntältet. Jag ville egentligen inte dricka men det var svårt att stå emot. Jag tog i alla fall två klunkar. Tack vare det milda ruset och tröttheten efter allt jag gjort under dagen somnade jag tungt.

När reveljen[7] blåstes vaknade jag med ett ryck. Det var en överraskning för mig att väckas av en trumpetfanfar. De andra i tältet verkade vakna samtidigt. Det var varmt och luften kändes nattstånden. Utomhus var det svalare men morgonsolen hade redan börjat värma. Det skulle bli ytterligare en av denna ovanliga sommars heta dagar.

Dagen blev händelsefattig. Vi gick mest runt och väntade på att något skulle ske. Vi fick första och andra frukost[8] samt kvällsmat. Det bjöds som vanligt bröd men även idag var det fläsksoppa på kvällen. Det var en ovanlig känsla att gå omkring och vara mätt.

Hela tiden gick jag och tänkte på Mor och mina syskon. Ett tag funderade jag på om jag skulle kunna vandra fram och tillbaka till Penningby för att träffa dem. Men jag hade knappast fått lov att göra det. Och jag vågade inte göra det i smyg, straffet kunde bli kännbart. Dessutom hade alla historier om kosackerna trängt in i mig, trots att jag försökte att inte lyssna. Att bli krigsfånge skulle bli ännu värre än hur jag hade haft det under den sista tiden.

Sture hade inte heller något nytt att berätta. Däremot började det dyka upp olika rykten om vad ryssarna hade gjort. En tremänning berättade att han hade hört att gårdarna på Åkerö, Västernäs och Östernäs hade eldats upp igår. Jag ställde mig tveksam till det. Vi hade ju inte känt lukten av brandrök. Men jag blev orolig när det började lukta rök under eftermiddagen. Någon sade att det kunde vara branden i krogen i Kapellskär som hade blossat upp igen och att röken kom därifrån. Det

---

[7] Militär väckningssignal som en soldat i regel blåser på trumpet.
[8] "Andra frukost" motsvarar vad vi idag kallar för lunch.

spreds också ett rykte att en rysk bataljon kom marscherande västerut och höll på att ta sig över vid det smala sundet vid infarten till Åkeröviken. Det var ju där jag hade varit igår, två gånger till och med. I så fall skulle ryssarna passera den svenska posteringen vid Nänninge. Det ryktet kunde avfärdas när det kom en rapport från just denna postering. Det stod helt klart att inga ryssar hade iakttagits till lands. Förutom enstaka kosacker.

Efter kvällsmålet var det samling igen för att översten skulle berätta om den senaste utvecklingen. Han ställde sig på samma lilla kulle som igår. Kvällssolen lyste upp hans stiliga karolineruniform med slängkappa och den trekantiga hatten. Solstrålarna glödde i rockknapparna och avslöjade också de höga läderstövlarnas sprickor.

- Soldater. Vi har nu väntat ännu en dag och jag kan stolt säga att vi är fulltaliga. Vi har fått en del rapporter om ryssens förehavanden. Han tycks ha hållit sig utanför Rådmansö. Inga fler bränder har rapporterats därifrån. Däremot verkar det som om han har eldat runt omkring sin ankringsplats. Idö, Gysslingö och Tyvön har satts i brand. Vi vet inte vad han har för planer för framtiden och vår överbefälhavare har inte lämnat något besked om vårt kommande uppdrag. Vi stannar här i natt och jag hoppas att vi vet mer i morgon. Jag ber er att utnyttja den möjlighet till vila som vi nu har fått så väl som möjligt. Oavsett vad som väntar oss så kommer vi att behöva alla våra krafter.

I kväll lämnades inga möjligheter att ställa frågor. Jag kände mig rastlös, precis som många andra. Och det slog mig att det var märkligt att jag hade ställt om mig så snabbt från att inte kunna föreställa mig att vara i krig på riktigt till att otåligt vänta på att få en tydlig stridsuppgift.

11

Nästa morgon vaknade jag också av reveljen. Idag tittade Sture in direkt efter att den var avslutad.

- Vakna pojkar. Nyheter på gång. Uppställning på kyrkoplan.

Vi fick bråttom upp allihop. Frukost var inte att tänka på. När vi kom upp till samlingsplatsen hade redan de flesta kommit. Översten började gå mot sin kulle. Sedan vände han och gick tillbaka till en kapten. De utbytte några ord och så var översten på väg till sin kulle igen.

- God morgon, pojkar! Idag har jag stora nyheter. Vi förbereder avmarsch mot Stockholm så fort vi har ätit vår frukost. Vi har fått rapporter om omfattande härjningar i vår närhet. Vi fruktar att ryssarna kommer att elda överallt där dom drar fram. Det verkar i alla fall som om ryssarna har lämnat Rådmansö. Den ryska flottan tycks ha delat upp sig i två delar. Den ena går norrut och den andra söderut i vår skärgård. Vi kommer snart att behövas i Stockholm där man förstärker så gott man kan nu. Vi kommer således att förflytta oss och vårt första mål är Danderyds kyrka. För den som inte känner till Stockholm kan jag berätta att denna ligger strax norr om själva huvudstaden. Senast ankomna dit kommer vi med säkerhet att få nya order om vart vi ska gå för att bäst stärka Stockholms försvar.

Det mumlades överallt. Det här var en oönskad utveckling. De flesta av oss hade nog trott att det ändå skulle bli en drabbning inom kort på Rådmansö. Vi tremänningar var ju ett regemente som skulle försvara våra hemtrakter. Nu kunde vi se framför oss hur ryssarna skulle ta sig fram obehindrat i skärgården under det att alla stridskrafter i närheten fördes till Stockholm. Vi skulle kanske alla komma tillbaka till nedbrunna hem och gårdar.

- Lystring. Marschavståndet är runt tjugofem fjärdingsvägar. Jag utgår från att vi ska klara detta på två dagar eftersom brådskan är så stor. Jag bedömer att vi behöver marschera mellan tio och tolv timmar per dag. Det är inte omöjligt under ljusa dagar som dessa. Och jag utgår från att var man gör sitt bästa. Vi kommer att börja med dragonerna, så ni får inta er frukost direkt efter denna samling. Övriga förband förbereder sig också. Vi återkommer med detaljer senare. Tremänningarna går näst sist och därefter Trossen[9]. Utgå!

Det gavs ingen tid för frågor idag heller. Nu var det bara tydliga order som gällde. På ett sätt var det skönt att slippa denna ovissa väntan som hade fyllts av mer eller mindre skrämmande rykten och fantasier. Själv kände jag mig återhämtad efter den tunga dagen när jag förde min familj till Penningby och tog mig hit efter att ha startat ända ute vid Söderarm. Jag hade inget emot att marschera hela dagarna. Det skulle ändå vara mindre ansträngande för mig än hur det hade varit i förrgår. Kanske var det annorlunda för en del andra tremänningar som såg slitna och tärda ut. Många hade levt länge på, eller under, svältgränsen.

Vi åt en frukost bestående av sill och bröd. Tydligen hade någon lyckats få hit ett par silltunnor. Det serverades faktiskt öl till. Jag tog vatten. Inte ville jag marschera på ostadiga ben. När de sista dragonerna höll på att lämna kyrkbacken ställde

---

[9] Trossen kallades ett förband med ansvar för utrustning, underhåll och försörjning.

vi tremänningar upp plutonsvis. Min pluton startade som nummer två och jag gick i andra paret. Bredvid mig hade jag Eskil från Koholma. Han verkade vara i 50-årsåldern och såg mager och blek ut. Han gick säkert och funderade på personer som han kände på de öar där ryssarna hade eldat. Koholma ligger ju mycket nära Kapellskär, precis innanför de drabbade öarna. Vi marscherade tysta bredvid varandra.

När jag var liten hade jag föreställt mig en militärmarsch som en festlig tillställning med en blåsorkester som markerade takten med sin musik. Jag hade också tänkt att det skulle kännas lätt att gå på det sättet. Det här var något annat. Det var trötta ben som släpade och gick i otakt och farten var låg. Jag undrade hur översten skulle klara att föra fram den här kolonnen så snabbt som han hade tänkt sig. När vi gjorde halt för att äta sade Sture att vi hade kommit ungefär fyra fjärdingsvägar närmare vårt mål. Det var bättre än jag hade trott, även om vi sedan länge hade förlorat ögonkontakten med de trupper som var närmast framför oss.

Maten bestod idag av torrt bröd och kalla korvar. Många tremänningar var trötta och den kapten som var ansvarig för oss lät oss vila ut. Jag tror det var klokt. Sedan fortsatte vi på samma sätt tills vi stannade till en kort stund efter ytterligare ett par fjärdingsvägar. Nu var många soldater påtagligt slitna. Eskil hade vinglat betänkligt den sista biten och jag försökte prata med Sture om det.

- Eskil ser väldigt sliten ut. Jag tror inte han klarar mycket mer.

Sture var en person som hade förmågan att känna medlidande.

- Jag har också sett det. Jag ska prata med pojkarna i trossen och höra om inte Eskil kan ligga i nån av deras vagnar den sista biten.

Trosspojkarna klagade förstås men accepterade till sist att ta med Eskil i vagnen. Han blev mycket tacksam för detta.

Marschtempot hade sjunkit betänkligt under dagen men vi hade i alla fall kommit en bit på väg. När vi låg i gräset och vilade såg vi en dragon komma ridande från de främre trupperna. Han skulle tydligen rapportera tillbaka till översten om hur vår marsch utvecklades. Efter samråd med kaptenen gav han sig iväg mot täten igen. Kaptenen kom fram till oss där vi låg och tog igen oss.

- Pojkar. Jag vet att ni har haft det svårt och att många av er har haft ont om mat den här sommaren. Vi tar bara en kort marsch till innan vi stannar för nattvila. Vi släpper förbi trossen som måste ordna med maten till dom andra också. Men vi tar tre dar på oss till Danderyds kyrka. Vi måste ha krafter kvar till vårt kommande arbete också.

Många blev tacksamma och en lättsam stämning spred sig i gruppen. Vi kom igång med vår sista etapp och gjorde halt efter ytterligare en fjärdingsväg. Trossen hade lämnat bröd och korv till oss. Och en tunna med öl. Vi slog upp våra tält på en vacker äng med utsikt över en långsmal sjö. Efter maten gick jag ner och tog en simtur i det nästan ljumma vattnet. Det var ett skönt slut på en dag som hade varit tung för många men som inte hade varit särskilt påfrestande för mig.

Nu fanns det ingen som kunde blåsa revelj. Jag vaknade av mig själv när värmen i tältet hade börjat bli störande. Det var en ny fin sommardag och solen hade hunnit stiga ganska högt på himlen. Sture satt på en sten och pratade med kaptenen. Båda två såg bekymrade ut. Sture vände sig mot mig:

- God morgon, Björnen. När du har låtit ditt vatten får du väcka dina kamrater.

När jag var klar gick jag runt till alla tälten och ropade god morgon. Därefter tog jag ett bad i sjön för att friska upp mig. När jag kom tillbaka verkade de flesta vara på benen. Vi hade ju ingen tross så vi fick klara frukosten själva. Det var inte så mycket arbete med det eftersom vi bara hade bröd och vatten. Vi satt utspridda i gräset och tuggade på det fuktiga och lite sega brödet. Det var i alla fall inte mögligt. Ingen verkade ha lust att säga något. Men kaptenen ställde sig upp och vände sig mot oss.

- God morgon, tremänningar. Jag hoppas att ni har haft en god vila och att ni är beredda att påbörja marschen så snart som möjligt. Vi räknar med att fortsätta mot Danderyds kyrka dit vi bör komma i morgon kväll. Där får vi invänta nya order. Klart är att den ryska flottan har härjat i Stockholms skärgård under gårdagen. Den del som avseglade norrut har anlagt bränder på Björkö och är på väg ännu längre norrut. Härjningarna har också drabbat fastlandet. Den del som gått söderut har satt eld på en stor del av skärgården mellan Rådmansö och Stockholm.

Kaptenens tal gjorde oss både nedslagna och oroliga. En stor del av den skärgård som vi älskade var drabbad och många personer som vi kände kunde ha råkat illa ut. Det värsta var att det inte gick att ana något slut på eländet. Om ryssarna fick fortsätta skulle snart hela skärgården och kustområdet vara skövlade. Och något motstånd skulle de tydligen inte få. Det var bara att ta för sig. Allt som stod oss kärt skulle krossas.

Det verkade bara vara Stockholm och Drottningen som skulle skyddas.

Många tänkte nog som jag i den stunden. Kanske till och med kaptenen. Men ingen vågade uttrycka det i närheten av befäl. Den modige tremänning som första kvällen i Frötuna hade ställt frågan om vi inte hade skyldighet att försvara våra anhöriga och vänner på Rådmansö hade jag inte sett till efter den kvällen. Kanske hade han bara försvunnit i mängden. Kanske hade han blivit bestraffad för sin uppstudsighet.

Det var en dämpad stämning när vi började vår dagsmarsch. Det gick långsamt och värmen blev allt mer tryckande. De två dagar som följde blev som kopior av varandra. Marscher i plågsam sommarvärme, resande och fällande av tält och korta raster med vatten och bröd, någon gång med lite korv. I slutet av den tredje dagen blev vi tvungna att slå nattläger en bit innan vi kommit fram till Danderyds kyrka.

Många var i dålig form och ett par soldater, bland annat Eskil, hade blivit inhysta hos bönder i närheten av vår marschväg. De bedömdes som icke stridsdugliga och i behov av en tids återhämtning innan de kunde återföras till sitt regemente. Många var avundsjuka på dem.

Inför den fjärde marschdagen fick vi ett nytt mål, Ladugårds-gärde strax norr om Stockholm. Vi passerade Danderyds kyrka. Där fick vi veta att Södermanlands regemente hade lämnat området på förmiddagen för att bege sig till en ny förläggning strax söder om Stockholm. Styrkorna samlades tydligen allt närmare huvudstaden. Vi fick också utförliga rapporter om vad som hade hänt i de områden som drabbats av de ryska härjningarna. Gårdar, bryggor, båtar, åkrar och skogar hade antänts och förstörts. Ryssarna hade till och med förstört våra redskap. Djuren hade slaktats. Och värst av allt var att många krigsfångar hade tagits.

Vi blev allt dystrare till mods och det var en ömklig skara som sent på kvällen slog läger på det flacka och utbredda Ladugårdsgärdet. På morgonen dagen efter kom i alla fall besked om vilket uppdrag vi skulle få. Kaptenen samlade oss.

- Tremänningar. Vi har med sorg och ilska mottagit rapporter om dom ryska härjningarna i vår skärgård och vårt kustområde. Igår anföll ryssarna också den södra sjöleden till Stockholm, Stäket. Dom satte eld på Boo gård vid Stäkets inlopp från Baggensfjärden och på området runt omkring. Därefter försökte dom tränga in i själva sjöleden. Om dom hade lyckats så hade vägen till Stockholm varit öppen. Leden mynnar i den stora sjöinfarten till Stockholm, bara ett par sjömil från stadens hjärta. Den som lyckas ta sig fram på denna sjöled slipper möta den svenska flottan som är samlad vid Vaxholm. Man kan kalla den för en smitled. Som tur var stod dom svenska soldaterna redo och slog rådigt tillbaka attacken. Vår ledning bedömer att detta var ett förberedande anfall och att man kan förvänta sig ett nytt anfall med en betydligt större styrka. Vi kommer nu att få den ärofulla uppgiften att bidra till försvaret av Stäket. Vi ska snarast bryta upp och infinna oss vid den inre delen av Stäket. Jag bedömer att det är ungefär sex fjärdingsvägar dit. Vi kommer att ta oss igenom Stockholm och fortsätta åt sydost, en bit in i Södermanland. Jag gratulerar oss alla till att vi har fått denna hedersamma uppgift och jag ber att Gud måtte hjälpa oss i vårt svåra uppdrag.

Lukten av brandrök blev allt mer påtaglig. Jag trodde först att det var en eldsvåda någonstans men så förstod jag att det var rök från ryssarnas härjningar längs kusten. Dagens marschväg började genom själva huvudstaden. Jag hade aldrig varit i Stockholm och jag tror att detsamma gällde för de flesta av tremänningarna. När vi lämnade Ladugårdslandets vidsträckta ängsmarker kom vi fram till stadens ytterdelar. Vi kom in på en gata som enligt kaptenen hette Storgatan. Den förde oss fram till ett stort torg, Ladugårdslandstorg[10]. Där hade man påbörjat ett mäktigt åttakantigt kyrkobygge. Byggandet hade avbrutits av ett skäl som var välbekant för oss alla – brist på pengar på grund av de kostnadskrävande krigen. Vi gjorde halt utanför bygget. Vår kapten ville att vi skulle snygga till oss och marschera på ett prydligt sätt när vi gick igenom de centrala delarna av vår huvudstad och blev sedda av många människor. Helst borde vi gå i takt. Det var någonting som vi bara hade övat tillsammans på ett par gånger så vi var inte så framgångsrika. Men vi gjorde vårt bästa i alla fall. Vi svängde vänster vid torget och kom efter en lång backe ner till Ladugårdslandsviken. Det var kaptenen som presenterade alla namn för oss. Jag hade inte ens hört talas om dem. Gatan mynnade ut i en träbro som tog oss över vattnet.

Vi närmade oss nu stadens kärna. På håll kunde vi se de påbörjade byggnationerna av det nya slottet som skulle ersätta det nedbrunna Tre Kronor. Via Stockholms norra bro kom vi över till huvudön och marscherade utmed en praktfull gata som hette Skeppsbron. På vår högra sida fanns mäktiga stenhus och på vår vänstra sida en långsträckt kaj med en stor mängd förtöjda båtar och skepp. Vinden låg på mot staden och röken från ryssarnas bränder irriterade både ögon och

---

[10] Torget heter idag Östermalmstorg.

luftvägar. Brandlukten bidrog nog också till att de människor vi såg verkade så allvarliga och dystra.

Trots att det var så mycket att titta på så marscherade vi bättre än tidigare. Det var högtidligt att paradera här, mitt i själva huvudstaden och utmed den väldiga hamnen. Vi sträckte på våra ryggar och fortsatte att försöka gå så mycket i takt som det bara var möjligt.

Far hade berättat för mig om Drottning Kristinas sluss och det gladde mig att få se den. Kaptenen lät oss göra halt för att dricka vatten och för att se på denna märkliga anläggning. Vi såg en skuta som antagligen var på flykt från skärgården till den tryggare Mälaren. Den steg högre och högre upp allteftersom det släpptes in mer vatten i slussen. Det var ett märkligt skådespel och till sist kunde skutan ta sig in i Mälaren efter att den övre slussporten öppnats.

Efter detta uppehåll blev det en omväxlande marsch genom först en träkåkstad och efter hand allt lantligare områden. De flesta av oss var trötta och matta, både på grund av hunger och av allt marscherande. Vi hade mest levt på bröd de två senaste dagarna. Vi var visserligen vana vid att inte äta oss mätta men marscherna gjorde att vi behövde mer näring. Den ständiga värmen var också tröttande. Röklukten gjorde oss hela tiden påminda om bränderna i våra hemtrakter och vad som kunde ha drabbat våra kära. Jag hade i alla fall inte hört något om att Penningby skulle ha satts i brand. Kanske var det ändå sådana tankar på ryssarnas framfart som fick oss att orka lite till. Vi ville ge svar på tal. Vi gick genom delvis svårforcerade marker med många skogspartier och branta höjder. När vi började gå utmed öppet vatten igen berättade kaptenen att vi nu befann oss på sydsidan av den sjöled in till Stockholm som han hade beskrivit för oss tidigare. Så småningom kunde vi ana det smalare Stäkets början. Det var där vi hade vår uppgift, hur den nu skulle se ut.

Strax innan skymningen nådde vi vårt mål vid Stäkesund. Vår kapten gick fram till en officer som verkade ansvara för själva lägret. Vi fick en tillfällig plats anvisad för våra tält som vi var tvungna att sätta upp på en gång. Vi fick också till slut en riktig måltid. Trossen hade sparat fläskgryta åt oss. Vi fick också ut både brännvin och öl. Det vore fel att säga att vi var lyckliga men vi kände oss i alla fall avslappnade och tankarna på krig höll vi undan så gott det gick, röklukten från de ryska bränderna till trots. I morgon skulle vi få veta var vi skulle placeras och vad vi skulle arbeta med.

12

Nästa morgon var det redan full rörelse i lägret när jag klev ut ur tältet. Det var soldater överallt och jag kände mig som en främling. Så fick jag syn på Sture som log mot mig.

- God morgon, Björnen. Har du sovit gott?
- Ganska. Ska vi samlas nånstans för frukost?
- Ja, vi ska samlas där borta i backen. Ser du att Kapten står där?
- Ja, nu ser jag.
- Kan du hjälpa mig att säga till alla?

Det verkade som om Sture litade på mig och jag sträckte lite extra på ryggen. Jag tittade in i alla tälten och spred budskapet vidare. Jag hade god lust att ta mig en simtur efter att ha marscherat så länge i värmen. Men jag var osäker på om jag skulle hinna och det skulle kanska se egendomligt ut. Jag såg ingen annan som badade.

Vi samlades efter hand i backen som Sture hade visat. Vi fick havregrynsgröt till första frukost idag. Det tycktes vara välordnat med matlagningen här. Det verkade som om alla våra tremänningar hade kommit ut till frukosten. Några åt fortfarande medan andra, som jag, hade ätit upp när kaptenen kom fram mot oss och ställde sig på en sten.

- God morgon, tremänningar. Det är skönt att vi har kommit fram. Det var en lång och het promenad.

Det skrattades och mumlades i gruppen. Kaptenen var populär.

- Jag kan redan nu berätta hur vi kommer att formera oss. Vi kommer att ha tre olika arbetsområden. En grupp kommer att ingå i besättningen på någon av de båtar som ligger här utanför. En grupp kommer att arbeta med att bygga upp försvaret av Stäket. Det gäller både att bygga upp hinder för ryssen och att skapa lämpliga platser för vårt artilleri. En tredje grupp kommer att vara reservstyrka och kommer att ha sin bas här i huvudlägret. Grupp två kommer också att hålla till här tills vi får order om hur arbetet ska bedrivas. Grupp ett kommer att bese sina båtar idag. Jag tror att de flesta kommer att ha sin nattvila här i lägret. Frågor?

- När får vi reda på vilken grupp vi hör till, frågade en av tremänningarna från Rådmanby.
- Jag har med mig listor här och jag kommer att läsa upp alla namn när vi är färdiga. Jag vill också säga att vi kommer att bli sammanslagna med Östgöta tremänningar till fot. Dom är ungefär 350 man.

Trots namnet kom kanske hälften av soldaterna i detta förband från Södermanland. Vi i Upplands tremänningar till fot utgjorde en mindre del av alla tremänningar här vid Stäket, ungefär 75 soldater.

- Och så vill jag presentera kommendör Groth som kommer att ha ansvaret för verksamheterna på fartygen. Och major von Bock som kommer att leda verksamheten med att skydda Stäket under överste von Dahlheim.

Båda officerarna reste sig. Ingen av dem sade något. Nu väntade vi alla på att få höra var vi skulle hamna. Det tog sin tid för kaptenen att läsa igenom alla namn på listan. När mitt namn lästes upp tog jag ett djupt andetag.

- Lars Eriksson, skyddet av Stäket.

Det kändes egendomligt att höra mitt riktiga namn även om jag förstod att det var mig det gällde. Jag var så van att bli kallad Björnen. Jag antog att det här beskedet betydde att jag skulle få arbeta med att bygga skydd och hinder av olika slag men jag kunde inte riktigt se framför mig hur det skulle gå till. Jag hade hellre velat komma till båtarna. Men nu var det bara att vänta. Efter att kaptenen läst upp listan avslutade han mötet med några avskedsord.

- Ni som ska vara på fartygen samlas hos kommendör Groth. Ni som arbetar med skyddet samlas hos major von Bock. Ni som ska utgöra reservstyrkan stannar här hos mig. Till sist vill jag tacka er för den tid vi har haft tillsammans. Även om vi nu får olika uppgifter så kommer vi alla att ha kvar den gemensamma huvuduppgiften att stoppa ryssen.

Det var lite sorgligt att vi skulle byta befäl. Men von Bock var kanske lika bra han. Jag drog mig åt hans håll. Vi var nog trettio man från vårt regemente som hörde till hans grupp. Det var ingen av dom som jag kände närmare även om jag hade lärt mig var de flesta kom ifrån och vad de hette. Majoren ställde sig på en låda så att alla kunde se och höra honom.

- Soldater, samling. Jag utgår från att vi kommer att göra ett gott arbete tillsammans. Jag vet att många av er har haft det svårt i Roslagen under det här året, inte minst när det gäller tillgången till mat. Jag vet att ni också har haft alltför lite tid för övning. Men jag är övertygad om att ni skärgårdsbor har en tåga som få andra. Och det är det som är det viktigaste. Jag ser på er att rotebönderna inte har haft råd att utrusta alla på sedvanligt sätt med uniform. Det gör ingenting. Nu är det tågan som gäller. Och vi har fått ett stort och viktigt uppdrag. Det är få soldater som får förmånen att kunna göra en avgörande insats. Men så är det för oss. Om vi lyckas skapa förutsättningar för att hindra ryssarna och för att kunna beskjuta dom på ett effektivt sätt så kommer vi att kunna rädda fosterlandet.

Där gjorde han ett kort uppehåll i sitt anförande. Många av oss tänkte nog att han måste syfta på huvudstaden när han talade om fosterlandet. Den del av fosterlandet som var vår ute i skärgården var antagligen redan förstörd.

- Nu ska jag ta er till dom andra tremänningarna som ska ingå i vår grupp. Sen ska vi ha en ny samling. Följ mig.

Han gick iväg med bestämda steg och vi följde efter utan någon ordning. Nere vid stranden satt eller låg en stor mängd soldater på marken. Det var våra nya kamrater. När vi kommit ner till dem stannade majoren och manade till samling.

- Soldater, lystring.

Alla reste sig upp. De andra såg ungefär lika luggslitna och tärda ut som vi. Jag såg ingen som var i min ålder.

- Ni kommer tillsammans att utgöra den grupp som ska arbeta med att förbereda försvaret av Stäket. Vi vet ännu inte exakt hur vårt uppdrag kommer att se ut. Man kan dock förmoda att det handlar om att lägga ut hinder eller fällor i själva Stäket så att dom ryska båtarna inte kan ta sig igenom här. Man kan också anta att vi får bygga ett retrenchement. Eller kanske flera. Överste von Dahlheim är fortifikationsofficer och har fått uppdraget att ta fram ritningar. I bästa fall får vi besked redan under morgondagen. Idag är det vilodag med hygienskötsel och klädvård. Jag kommer också att vilja prata med var och en av er för att veta hur jag bäst ska kunna använda er. Frågor?

En soldat från Östgötagruppen reste sig upp. Han talade en lustig dialekt som jag aldrig hade hört förr.

- Ursäkta, majorn. Vad är ett rötranschemang?
- Retrenchement. Det är ett skydd för våra skyttar. Där kommer vi att placera våra kanoner. Har soldaten inte studerat franska?
- Nej, majorn. Bara östgötska.

De fick oss att skratta. Jag ville gärna också veta vad en fortifikationsofficer gör men jag vågade inte fråga. Jag ville inte verka dum. Jag antog att det hade att göra med att bygga saker. Kanske befästningar och sådant. Det lät så.

En av östgötarna kom fram till mig. Han var lång och kraftig och hade halvlångt skägg. Han såg ut som en som brukar inge respekt vid första anblicken.

- Du verkar inte vara så gammal, du.
- 16 år.
- Då är jag dubbelt så gammal som dig. Hur har du hamnat här?
- Far dog och jag kunde inte stanna kvar hemma.
- Det var sorgligt. Dog han i krig?
- Ja, i Norge. Samma dag som kungen.
- Jag beklagar. Men varför kunde du inte stanna kvar hemma?
- Vi fick inte ha kvar torpet om vi inte lät en annan soldat flytta in. Och han ville inte ha mig kvar. Och jag trodde att vi tremänningar skulle vara kvar i vår hembygd och försvara den om det inte fanns några andra soldater. Det var så dom sa när jag sökte värvning.

- Så sa dom nog till alla. Men nu är det inte så mycket att göra åt. Nu har vi hamnat här och får göra det bästa möjliga av det. Men jag ska hålla ett öga på dig och skydda dig om det skulle behövas.
- Tack, men jag är van att klara mig själv.
- Det tror jag säkert men jag kan ta hand om dig om det skulle hända nåt oväntat och besvärligt. Jag heter Erik förresten.
- Det gjorde min far också. Så jag heter Eriksson i efternamn.
- Och i förnamn?
- Jag heter Lars egentligen. Men alla kallar mig Björnen.
- Då gör jag det också.

Det kändes skönt att ha någon som brydde sig om mig och jag fick förtroende för Erik på en gång. Tremänningarna från de två olika regementena gick runt och hälsade på varandra men det var ingen jag pratade så länge med som med Erik. Efter en stund kände jag att någon knackade mig i ryggen. Jag vände mig om och upptäckte att det var major von Bock själv. Först blev jag rädd men det gick över när jag såg att han log vänligt mot mig.

- Är det du som är Lars Eriksson?
- Ja. Jag menar ja, major. Men alla brukar kalla mig Björnen.
- Du behöver inte säga major till mig när du ska prata.
- Nej major. Jag menar nej. Nej, jag menar jaså.

Kinderna hettade och jag visste inte riktigt vad jag skulle säga. Orden bara ramlade ut ur munnen utan någon ordning. Och kanske hade jag gjort mig löjlig genom att nämna mitt smeknamn.

- Ja det var ju lustigt. Det ska jag försöka komma ihåg. Jag har sett i papperen från rekryteringsmötet att din Far dog i strid för vår konung. Jag beklagar.
- Ja han dog samma dag som kungen.
- Jaså minsann. Och nu är du själv soldat. Och jag har också läst att du är en rackare på att skjuta. Därför har jag bestämt att du ska få lära dig att skjuta med en nickehake.
- Utrsäkta men jag vet inte riktigt vad det är för nåt.
- Det är som en liten kanon. Vi planerar ju egentligen inte att tremänningarna ska hamna i strid. Hela Södermanlands regemente finns här i närheten och kan kallas hit om det skulle hetta till här. Och andra regementen finns bara lite längre bort. Men det kan ändå vara bra att förbereda sig för det oväntade. Att vi själva skulle hamna i strid.
- Ja, major. Jag menar ja. Det är säkert bra.
- Gott. Då ska jag se till att du kallas till övningsskytte. Några frågor?
- Nej, maj .. Nej.
- Då ska jag gå vidare och försöka lära känna dom andra också.

13

Nästa dag fick vi flytta våra tält så att vi kom närmare våra arbetsplatser, det vill säga för vår del en bit in i Stäketsundet. Det är ett knappt en sjömil långt sund som skiljer Boolandet och Skogsö och går mellan Baggensfjärden och Lännerstasundet. Det är en grund men smidig sjöväg om man vill ta sig från södra skärgården in till Stockholm. Den stora sjövägen mot Stockholm går längre norrut, förbi Vaxholm, men den var nog omöjlig att komma igenom för ryssarna eftersom en stor del av den svenska flottan hade samlats där. Så det var inte så svårt att räkna ut att Stäket kunde bli ryssarnas anfallsväg. Någon tredje sjöväg fanns inte.

Vi visste att ryssarna hade hur många galärer som helst. De var mindre än de båtar som vår flotta dominerades av. De gick inte lika djupt som vanliga krigsfartyg och de var lätta att styra. De kunde få upp en hög hastighet när de roddes och de kunde också seglas. Och vi hade hört att ryssarna lyckades ta sig fram även i grunda och trånga farvatten med dessa galärer. Om de skulle lyckas ta sig igenom Stäket så låg vägen in till Stockholm öppen för dem. Eller nästan i alla fall, för vi hade flera fartyg som låg i de två närmaste sunden in mot Stockholm. Men många trodde att dessa inte skulle kunna klara en rysk anstormning med den stora mängd båtar som fanns i den ryska flottan.

När vi var på Ladugårdsgärdet hade vi fått höra att ryssarna redan hade varit och härjat vid Stäket en gång. Erik trodde, precis som kaptenen, att dessa attacker mot Boo gård och dess omgivningar framför allt hade syftat till att undersöka hur stränderna och området såg ut. Efter denna händelse och före vår ankomst hade svenska soldater sänkt en skuta i sundet.

Det var ett första försök att försvåra för ryska flottan att ta sig fram. De hade också satt eld på skutan så att det kom att se ut som grynnor som syntes i själva vattenytan. Nu var det vår tur att ta över det arbetet.

Tillsammans med Erik var jag och tittade på resterna efter Boo gård. Vi visste att vi kunde stöta på kosacker så vi rörde oss mycket försiktigt. Och vi höll oss kvar på vår sida av sundet. Att ta sig över till andra sidan skulle vara för farligt. Erik hade berättat för mig vad han hade hört från andra soldater om vad som kunde hända om man blev tillfångatagen av kosackerna. Förut hade jag inte velat höra på allt tal om vad de kunde göra men när Erik berättade lyssnade jag. Jag fick veta att de var ute efter att förhöra alla som blev tillfångatagna och tortyr ingick i deras förhörsmetoder. Det var vanligt att man blev bunden och fick springa efter kosackens häst tills man blev uttröttad. Man kunde sedan bli avklädd och slagen om man inte berättade det som de ville veta. Och man fick inget att äta under flera dagar. Det värsta var nog ändå att bli bakbunden med ett rep och sedan bli upphissad i repet. Axlarna gick ur led och det gjorde fruktansvärt ont. Om man ändå teg så blev man slagen med spanskröret, en sorts käpp av rotting. Det var vanligt att dessa slag riktades mot huvudet.

Vi började vårt arbete med att sänka båtar på de två smalaste ställena i Stäket. Det skulle göra det omöjligt för de ryska galärerna att komma fram om de inte lyckades röja undan dessa vrak. Längst in mot Lännerstasundet sänkte vi tre båtar vid det som kallades Stäkesund. Utanför den smala passage där jag blev kvar för att arbeta, Knapens hål, kunde vi använda oss av den tidigare sänkta båten. Vi byggde ut detta hinder genom att sänka två båtar till. Sedan följde ett tungt arbete med att fylla alla dessa båtar med sten. Efteråt såg det ut som om det gick stengärdsgårdar i vattnet.

Vi hade en tysk överste som ledde arbetet och som drev på oss. Han hette von Dahlheim men vi kallade honom alltid för Dalen när han inte hörde. Dalen hade varit med Karl XII i flera krig och kunde allt om befästningar. Han hade fått ansvaret av överbefälhavaren för att hindra ryssarna från att komma igenom Stäket. Det var också han som hade tänkt ut alla hinder som vi skulle bygga. Ofta var det någon som berättade om tidigare krig när vi satt tillsammans efter middagen. Några hade varit med Karl XII, bland annat von Dahlheim. Men han ville aldrig dela med sig av sina upplevelser. Kanske var det för alla motgångar som han hade varit med om. Kanske var det för att han tyckte det var svårt att berätta på svenska. Det blev alltid en blandning av svenska och tyska när han skulle säga något. Men andra hade mycket att berätta om honom. En erfaren tremänning från Nyköping berättade att han var femtio år gammal och att han hade varit yrkessoldat i hela sitt liv. Han hade följt Karl XII i många stora slag. Några av dem kände jag till från Fars berättelser, som Poltava och Bender. Han hade också varit krigsfånge i Stralsund i två och ett halvt år och kom inte tillbaka till Sverige förrän för ett drygt år sedan.

När vi var klara med vattenhindren övergick vi till att fälla träd för att försvåra för ryssarna att ta sig fram till vår skyddsanläggning, som befälen kallade värn. När vi hade fällt träden gällde det att vässa grenspetsarna och se till så att de var riktade åt det håll som anfallet kunde komma ifrån. Detta arbete kallades att göra förhuggningar, ett nytt ord för mig. Vi byggde på detta sätt som ett halvcirkelformat hinder mot angrepp från landsidan av den strand som vi skulle bevaka.

Det skulle bli ett tungt och smärtsamt arbete för ryssarna om de försökte ta sig förbi dessa spärrar.

Hemma hade vi tagit det lugnare på helgen men här arbetade vi lika mycket alla dagar. Avsaknaden av avbrott gjorde att det kändes som att dagarna flöt in i varandra. Det är nog därför som jag har svårt att nu efteråt minnas vad jag gjorde en viss dag under den här intensiva arbetstiden. Hemma hade hade vi också oftast haft lagad mat till middag även om den inte alltid räckte till för att mätta oss alla. Så var det inte här. Det pratades ibland om att det skulle komma fläskkött men det var som om det alltid tog slut innan det kom fram till oss. All mat kom inifrån Stockholm. Härute på Skogsö fanns det inte så mycket att hämta. Och vi låg längst ut och längst bort från grytorna.

Aldrig hade jag kunnat föreställa mig att soldatlivet skulle se ut på det här sättet. Jag hade sett framför mig hur vi skulle marschera i våra uniformer och hur vi övade oss att skjuta. Men inte hade jag fått någon uniform och inte den hatt som jag hade rätt till. Vi hade inte heller marscherat en enda gång sedan vi kom hit till Stäket. Jag hade i alla fall fått ett par nya skor här. Det var viktigt eftersom jag hade slitit ut det enda par som jag hade haft med mig hemifrån. Och de skorna hade jag ju dessutom vuxit ur.

Något handvapen hade jag inte heller fått men jag fick träning i att skjuta med nickehake. Som major von Bock, som vi övergått till att kalla Bocken, hade sagt var det som en liten kanon. Två gånger fick jag pröva på att skjuta. Det var en löjtnant som lärde mig hur man skulle ställa in nickehaken och avfyra den. Dalen hade lagt ut bojar i viken och min uppgift var att försöka komma så nära som möjligt. Den ena låg kanske 20 famnar ut och den andra kanske 30 famnar. Jag började med den närmaste. Första skottet kom ungefär två alnar[11] för långt bort och kanske en aln till höger om bojen. Det andra skottet kom bara en fot[12] ifrån. Löjtnanten var nöjd och lät mig fortsätta med två skott mot den boj som låg längre ut. Det första kom faktiskt precis bredvid bojen och med det andra träffade jag den. Jag fick beröm av Dalen som dunkade mig i ryggen. Den andra gången som jag fick öva, ett par dagar senare, gick det ännu bättre. Nu låg bojorna på ett annorlunda sätt men ungefär lika långt bort som första gången. Två skott träffade bojen och två kom alldeles intill. Sedan räckte inte ammunitionen till för fler övningsskott. Både löjtnanten och Dalen gav mig beröm och jag kände mig mycket stolt.

De flesta soldaterna höll till vid Stäkesundets sydvästra del, det vill säga där Stäket öppnade sig mot Lännerstasundet och sjövägen in mot Stockholm. Efter vår ankomstdag hade jag bara varit där en gång. Vi hade blivit klara för kvällen och Erik ville visa mig hela lägret. Det var som en tältstad och överallt rörde sig soldater med olika klädsel. Han visade mig också det område på motsatta sidan av sundet där en annan grupp tremänningar höll till. De skulle bevaka den inre trånga passagen vid Stäkesund där de andra skutorna hade sänkts och fyllts med stenar. De hade nog lika många kanoner som vi. De hade också byggt ett värn för att skydda sig om de blev beskjutna. Men de hade inte gjort några förhuggningar som vi hade gjort. I alla fall inte vad jag kunde se. Men det var ett mycket större område så det skulle ha varit svårare att avgränsa med fällda träd. Och dessutom var det glest mellan träden och terrängen var mycket brantare.

---

[11] En aln motsvarar ungefär 6 decimeter.
[12] En fot motsvarar ungefär 3 decimeter.

14

Dom flesta av oss som arbetade med att göra hinder började tröttna på det ständiga slitet. Och i alla fall jag tyckte att det borde räcka snart. Det var nästan så att jag hoppades att ryssarna skulle komma så att vi fick avsluta vårt uppdrag. Sedan fick vi se om vi hade lyckats. Jag visste inte riktigt vart vi skulle ta vägen när ryssarna kom men jag antog att vi skulle förflytta oss till huvudlägret och att andra regementen skulle ta över. Deras soldater var både utvilade och bättre rustade för strider än vad vi var.

Min skjorta var som vanligt genomblöt av svett men om jag tog av den blev flugorna och myggorna för besvärliga så jag behöll den på. Den kylde lite också när den var blöt. Och så fick den mig att känna att Mor var med mig lite grann. Hon hade sytt den till min sextonårsdag i våras. Hela tiden brände solen. Så hade det varit varje dag i augusti i Stockholms-området. Axlarna värkte och mina händer var fulla av sår.

- Nu bryter vi pojkar. Maten har kommit.

Det var furiren som ropade. Jag såg att några mannar var på väg att lägga till med en roddbåt. Jag försökte se vad de hade med sig. Det var nog bara bröd idag också. Vi lade ifrån oss våra redskap och gick ner mot båten. Furiren hade redan från början ordnat med ett solskydd och alla rörde sig nu dithåt. Det bestod av ett gammalt segel som var uppspänt mellan ett par träd och två stolpar som hade slagits ner i marken. Det var skönt att söka skydd där. Jag sjönk ner på marken när jag kommit in i skuggan. Jag lade mig på rygg och kände hur trött min kropp var.

- Ligg inte där pojk. Du måste få i dig nåt att dricka. Annars kommer du aldrig upp.

Det var Erik som hade upptäckt mig. Det hade faktiskt blivit så att han alltid vakade över mig och såg till att jag hade det så bra som möjligt. Vi hade arbetat ihop i tre veckor nu. Eller snart 23 dagar för att vara exakt. Varje kväll ristade jag in ett streck i en träpinne. Och varje söndag gjorde jag ett långt streck. Erik tog tag i min högerarm och drog upp mig. Jag blev yr i huvudet och ville sätta mig igen men han höll mig uppe.

- Kom nu Björnen så ska du få lite att dricka.

Här i lägret fortsatte alla att kalla mig för Björnen. Jag tyckte egentligen inte om det men jag kunde inte göra så mycket åt det. Och jag visste att i alla fall Erik inte menade något illa med det. Han hade hällt upp vatten åt mig i min trämugg. Jag drack upp allt på en gång. Det var nästan ljummet men gott ändå. Han skrattade och hällde upp mer.

- Det är bra Björnen. Fortsätt så.

Efter att ha satt i mig det mesta från den andra muggen också blev jag faktiskt lite piggare. Jag tog mig försiktigt fram till matkorgarna. Det var det där gamla svarta rågbrödet som vanligt. Jag tog två kakor och lade på min trätallrik. Idag fick vi också rökta korvar. Det var länge sedan sist. Jag plockade åt mig två och hittade sedan en bra sittplats på en stubbe. Erik kom efter mig och slog sig ner på en sten bredvid.

- Det var inte dåligt. Korv mitt på ljusa dan, sade han. Det måste vara en snäll bondkäring som tycker synd om oss. Och som inte vill att ryssen ska elda upp deras gård.

Det smakade verkligen gott. Ofta fick vi bara bröd, gröt och vatten. Och brännvin, nästan lika mycket som vatten ibland. Det var det i alla fall ingen brist på. Jag hade gradvis lärt mig att dricka det. När Far hade låtit mig dricka brännvin hade han blandat det med vatten för att jag skulle vänja mig. Erik tyckte också att jag kunde börja med att dricka på det sättet. Och nu drack jag varje dag. Det hjälpte när jag var hungrig och när jag hade ont. Och det blev lättare att somna.

- Ta lite brännvin till, sade Erik. Då går det lättare att arbeta.

Han kom med en liten tunna, som kallades kutting, och hällde upp en kvarts mugg brännvin åt mig och fyllde sedan på med vatten. Det sved lite i strupen men jag visste att det skulle släppa snabbt. Jag hade lärt mig att om jag åt lite bröd till brännvinet så skulle svedan inte bli så besvärlig. Och jag hade kommit ihåg att spara lite av brödet för just detta. Efter ett par minuter kändes det skönt i kroppen. Och jag kunde hålla undan alla mina tankar på Rådmansö och allt som hade hänt min familj det sista halvåret.

När jag hade ätit upp mina korvar och druckit upp mitt brännvin lade jag mig i skuggan igen. Jag somnade faktiskt och drömde om Far. Vi var ute på fjärden och tog upp långrev. Precis som vi brukade göra på somrarna. Vi fick gott om ål på krokarna. De ringlade som ormar när de kom upp i ekan. Jag tyckte synd om dem. Just då väcktes jag av furiren.

- Du kan väl inte ligga här hela dan, Björnen. Vi har arbete som väntar på oss.

Det tog emot att resa sig. Jag kände mig stelare i kroppen än när jag hade somnat. Jag hade ingen aning om hur länge jag hade sovit. Det var bara jag och furiren kvar vid matplatsen.

Roddarna som hade kommit med mat var också borta och båten låg inte längre vid stranden. Jag reste mig försiktigt. Jag var yr i huvudet och höll på att ramla omkull. Som tur var märkte inte furiren det. Befälen brukade klaga om de märkte att det blev några problem för att vi hade druckit för mycket brännvin. Samtidigt var de angelägna om att vi fick våra brännvinsransoner. När jag kom tillbaka till vår arbetsplats kom Erik fram till mig.

- Har sömntutan vaknat nu?

Han skrattade och jag log tillbaka. Jag fick för mig att det kunde ha varit han som sett till att jag fick sova en extra stund.

- Nu, Björnen, har vi fått nya order. Dalen var här nyss. Han var nöjd med våra förhuggningar och det behövs bara några få pojkar för att göra det sista. Men du och jag ska vara med och bygga klart skyddsvallen. Våra soldater får inte stupa på en gång när ryssarna börjar skjuta.
- Men den är väl också nästan klar?
- Ja, nästan. Men Dalen vill ha den högre. Du och jag ska bära ner trädstammar till dom som gör det sista på den.

Det lät som ett ännu tyngre arbete än förut. Och Erik var otroligt stark så det var alltid svårt att arbeta ihop med honom. Men jag hade inget val. Jag följde Erik upp mot skogen. Jag såg att de som arbetade där hade burit fram många mindre trädstammar. Jag antog att det var dessa som vi skulle bära ner till stranden. Det var en riktig gissning. Erik och jag tog tag i varsin ände av den översta stammen. För Erik verkade det inte vara någon ansträngning men för mig var det tungt. Vi fortsatte hela eftermiddagen med detta slitsamma arbete i den kvalmiga sensommarvärmen. Det blåste nästan ingenting.

När jag hade tappat min ände av stammen två gånger i rad förstod Erik att det var dags att vila. Vi satte oss ner en bit upp mot skogen där furiren och Bocken inte kunde se oss.

- Hur är det Björnen? Orkar du lite till?
- Jag tror det. Men det var skönt att sitta ett tag.
- Du har blivit starkare och starkare sen vi kom i gång här. Du börjar se ut som en riktig karl.

Visst hade jag märkt att mina armar hade blivit kraftigare även om jag hade blivit tunnare om magen. Men det var långt kvar till Eriks styrka.

- Bara det inte vore så varmt.
- Då skulle du ha varit med när Karl XII begravdes. I slutet på februari.
- Var du med då?
- Vi tremänningar fick vara med vid begravningståget. Vi fick stå uppställda på en sträcka som tåget skulle passera.
- Stod ni bara stilla?
- Ja och det var otroligt kallt. Jag vet inte hur länge vi stod där. Jag har nog aldrig frusit så mycket i hela mitt liv. Jag brukar tänka på den dagen när det är som varmast här.

Vi satt tysta ett tag. Jag ville gärna göra detta avbrott så långt som möjligt. Erik verkade tycka likadant.

- Vi stter här ett tag tills furirraggen kommer förbi. Jag behöver också vila.

Det var skönt att sträcka ut sig på marken och jag tror att jag slumrade till en stund. I alla fall kändes det så när jag hörde Eriks röst.

- Slut på vilan, sade han och log mot mig.

Han hade sett furiren komma gående mot oss och förstod att det var bäst att föregå hans order. Vi släpade oss tillbaka till stammarna. Högen hade i alla fall blivit mycket mindre. Jag tror att de som fällde träd började bli trötta de också. Kanske började det bli lite mindre hett men jag kände hur knäna höll på att vika sig ett par gånger. Till sist var Bocken nöjd för dagen med den cirkelformade vall av stockar och jord som hade byggts upp vid strandkanten. Den skulle skydda för angrepp både från land och från sundet. Jag trodde att den säkert skulle kunna skydda från muskötskott men jag fruktade att den inte skulle klara sig mot handgranater. Om nu grenadjärerna[13] skulle lyckas komma så nära att de kunde nå värnet med sina kast. Det skulle i alla fall knappast kunna stå emot en träff med en tyngre kanonkula.

- Bra arbetat, pojkar, sade Bocken. Nu är ryssen välkommen. Vi gör det sista här i morgon. Men nu går vi och tar middag.

Idag blev det ärtsoppa även om det knappt var något fläsk i den. Och så brödet till. Vi satt på marken runt en eld. Ovanför den hängde den stora soppkitteln. Vi hade alla fått varsin djup tallrik av trä och den gällde det att vara rädd om. Den skulle användas till allt. Precis som trämuggen och skeden.

Vid middagen var det alltid några som berättade om krigsläget. Det dök hela tiden upp nya rykten om vad ryssarna höll på med. En lots hade sett delar av den ryska flottan igår vid Dalarö som är rätt nära härifrån. Och en av våra spanar-grupper hade sett hur flottan kom närmare. Men ingen visste förstås säkert om de skulle anfalla just här. Och i så fall när.

---

[13] En grenadjär var en soldat som hade till uppgift att kasta handgranater.

När jag lyssnade på alla dessa samtal fick jag lära mig mycket som var nytt för mig. Jag var van att tänka på ryssar som ett hotfullt och illasinnat folk som antagligen skulle försöka erövra Sverige. Idag uppkom en livlig diskussion mellan två östgötar om de ryska planerna.

- Skam få ryssen som plundrar och skövlar vårt land. Kan han inte nöja sig med det han har?
- Vad tror du Karl XII gjorde? Tycker du att han nöjde sig med det han hade?
- Men det är väl en annan sak.
- Det är det inte alls. Och hade inte den token gett sig ut på krigarstråt i Ryssland så hade vi inte suttit här idag. Och våra gårdar hade inte varit nedbrända.
- Du verkar tro för mycket på det där manifestet som ryssarna har spritt överallt där dom har dragit fram.
- Menar du det där som den ryska tsaren Peter har skrivit? Att alla skövlingar är ett försök från hans sida att få fram en fred mellan våra länder.
- Just den. Och du tror säkert på allt han säger. Du är väl så blåögd att du tror att man skapar fred genom att elda upp hus och hem för fienden och skövla deras åkrar. Och slakta deras boskap.
- Men tänk om det ligger nåt i vad han säger. Det verkar ju som om våra sändebud bara försöker förhala fredsförhandlingarna. På mig verkar det som om dom blundar för att vi har förlorat många av våra besittningar. Och förlorat många slag. Drottningen har nog inte förstått att vi inte är den stormakt som vi har varit.
- I raggens namn, håll tyst med dig. Du verkar vilja slicka Peters fötter.
- Nej, dra till pockers, din gamla dumsnut. Förstår du inte att vi har haft en kung som har drivit det här landet i misär. Det sägs att tvåhundratusen svenska män har dött genom hans krig. Och landet är utarmat

och många lider svårt av hungersnöden. Och drottningen lär inte kunna göra nåt åt det.

De två männen hade rest sig upp och såg ut att vilja slåss. Som tur var kom furiren gående mot oss och grälet fick ett tvärt slut. Jag reste mig och gick bort från den sittande gruppen. Erik såg mig men stannade kvar. Det var bara tidig skymning men jag valde att göra mig i ordning för kvällen. Jag brukade gå iväg ensam och ta ett bad efter arbetsdagen. Många andra var rädda för att ramla i och vågade sig knappt ner till stranden. De kunde inte simma och trodde att de skulle hamna på djupt vatten på en gång. Far hade lärt mig simma när jag var en liten pojke, kanske sju år gammal. Det var inte så många skärgårdsbor som kunde det men Far tyckte det var viktigt att lära sig, särskilt om man skulle fiska eller arbeta på en båt. Så jag var inte rädd för vatten. Det här var faktiskt min bästa stund på dagen. Jag vågade inte simma så långt. Jag var rädd för kosackerna som kunde komma när som helst. Men det var så skönt att känna svalkan från vattnet mot kroppen.

Efter simturen plockade jag fram den tvål som jag hade fått med mig hemifrån. Mor brukade göra tvål genom att koka grisfett i asklut. Hon hade lärt sig det av en gammal moster som var något av en trollgumma. Hon hade skickat med mig två stora bitar och bett mig att använda tvål varje dag för att jag skulle hålla mig frisk. Jag hade just kommit in på min andra tvål. Jag förstod inte varför den skulle kunna göra nytta men det kändes skönt efter att jag hade använt den så jag fortsatte. Det var också som att ha lite av Mor med mig. Jag höll det här med tvålen för mig själv. Om jag hade visat den för några andra så hade de bara retat mig. Jag var nog ensam om att ha packat med tvål. Erik hade fått prova men han tyckte det var onödigt och konstigt. Men han hade lovat att inte berätta om den för någon annan.

Efter badet och tvåltvätten gick jag till vårt tält som jag delade med fem andra tremänningar. Erik hade platsen närmast mig. Jag hade som vanligt byxorna och skjortan på mig när jag lade mig. Skjortan var nästan torr nu. Vi hade inga madrasser men vi hade fått mycket granris över som vi hade utnyttjat för att få ett mjukt underlag. Jag hade, som de flesta andra, samlat torrt gräs och lagt som ett lager ovanpå riset. Jag brukade också bre ut min långa rock över underlaget. Det hade varit varmt hela tiden som vi varit här så vi hade inte behövt några filtar. Någon gång hade jag vaknat av att det var lite väl svalt på natten men då hade jag rullat in mig i rocken. Det bästa var att det luktade så gott i tältet av allt granris.

De andra tremänningarna fortsatte prata en bit bort men jag kunde inte höra vad de sade. Det var skönt att komma bort från alla dessa samtal. Ändå låg jag och vred mig fram och tillbaka på min granrisbädd. Jag hade alltid svårt att somna när jag började tänka på Karl XII. Och på Far och allt som hans död hade fört med sig för vår familj. Hela historien kom rullande över mig och jag kunde inte stoppa flödet av minnen. Som i kväll. Till sist måste jag ändå ha somnat för jag kommer inte ihåg att de andra kom in i tältet.

15

När jag vaknade var det varmt i tältet och det kändes kvavt. Det var redan starkt ljus ute men reveljen hade inte gått. Jag tog mig ut ur tältet så försiktigt jag kunde. Det var svalare utomhus, riktigt skönt. Jag gick bort till min vanliga badplats. Efter att ha spanat åt alla håll utan att se något misstänkt tog jag av mig skjortan och byxorna. Det sved som vanligt till i mina såriga händer när jag kom i vattnet. Jag simmade ändå ett tag utefter stranden och försökte njuta av denna lugna stund. Så gick reveljen. Trumpetblåsaren stod i huvudlägret men signalen hördes tydligt ända hit. Jag skyndade mig upp ur vattnet innan alla skulle komma. Jag tyckte inte om att vara naken inför de andra. Skjortan hade blivit stel efter de senaste dagarnas svettiga arbete i skogen. Det var hög tid att tvätta den. Vi hade svårt att ordna med varmt vatten och fick nöja oss med att blötlägga våra kläder i havsvattnet nere vid stranden. Det blev i alla fall lite bättre och när det var så varmt och torrt som denna augusti så brukade allt torka under natten.

Efter frukosten med bröd och vatten återgick jag till att bära stockar tillsammans med Erik. Värmen ökade gradvis och det såg ut att bli precis som de tidigare heta dagarna. Värnet växte på höjden så att det nu var möjligt att vara skyddad från eld även då man stod upp. I alla fall för min kroppslängd. Det var alltid svårt att arbeta den första halvtimmen. Det gjorde ont på många ställen i kroppen och alla småsår i händer och fötter irriterade. Efter ett tag var det som om allt detta domnade bort. Istället blev det hettan som blev allt mer plågsam. Men idag var det ingen som ville klaga och dra sig undan. Var och en förstod att det var allvar nu. Vi visste att den ryska flottan med alla sina galärer fanns någonstans i vår närhet. Frågan var bara när och var anfallet mot Stockholm skulle komma. Och hur mycket vi skulle beröras av det.

När vi bröt upp för att äta andra frukost tyckte jag att vi hade kommit nästan så långt med värnet som det var möjligt. Det gav skydd både för anfall från vattnet och från land men det var delvis öppet in mot Stockholm och vårt huvudläger. Det verkade osannolikt att ryssarna skulle ta sig förbi oss och därefter försöka anfalla bakifrån. Våra förhuggningar var också färdiga. Det skulle bli en svår och smärtsam uppgift för den som ville ta sig fram i denna bråte av sylvassa kvistar. Och samtidigt skulle ryssarna vara helt oskyddade för eldgivning från det värn som vi hade byggt.

Idag var det till allas överraskning kokt fläsk och kålrötter. Det var säkert så att vår ledning ville göra sitt yttersta för att vi skulle vara i god form när striderna började. Och idag serverades det inget brännvin, bara öl eller vatten. Bocken gick fram och tillbaka och tittade ofta bort mot Stäkets bredare parti där de ryska galärerna skulle kunna komma. Erik kom och satte sig bredvid mig.

- Hur smakar fläsket?
- Det är gott. Det var bästa måltiden på länge.
- Ja, nu börjar det dra ihop sig.
- Tror du dom kommer snart?
- Det kan bli vilken dag som helst. Jag hörde att våra spanare hade sett att en stor del av ryska flottan är samlad vid Ornö.
- Det var nära. Tror du att dom kommer vår väg?
- Jag tror dom försöker komma igenom här på nåt sätt. Om dom lyckas så har dom ju nästan öppen väg in till Stockholm. För våra krigsfartyg kommer inte att räcka till för att stoppa dom. I bästa fall kan dom sänka några ryska galärer.

Vi fortsatte med att äta upp vårt fläsk utan att prata. Jag hade aldrig trott att det skulle bli så här. Vi skulle ju bara vara soldater som hjälpte till där hemma. Många av oss hade inte fått något vapen. De flesta hade inte ens uniformer. Och nu var det vi som verkade stå här i första linjen. Vår flotta var samlad vid Vaxholm. Förutom den del som var i Karlskrona förstås. Och inga stora regementen fanns på plats ännu även om man sade att de fanns nära. Jag förstod inte varför man inte såg till att flytta dem hit. Tänkte militärledningen verkligen att det var vi tremänningar som skulle få ta ansvar för att stoppa ryssen? Jag undrade hur länge vi skulle kunna hålla emot i så fall. Erik bröt tystnaden, som vanligt.

-   Är du orolig, Björnen?

Det var en svår fråga. Det är klart att jag var orolig men ändå var det som om det här inte var på riktigt. Och jag ville inte verka harig. Jag hade aldrig tänkt mig in i att en soldat skulle kunna skjuta mot just mig. Eller att en ryss skulle stå framför mig och vilja hugga mig med ett svärd. Jag hade bara kämpat på med att bära sten, fälla träd och släpa stockar. Jag undrade vad Far hade tänkt den dagen då han blev skjuten. Hade han varit rädd?

-   Jag vet inte, kanske lite grann, svarade jag.
-   Jag kommer att vara nära dig om dom kommer. Och om nån anfaller ska jag göra vad jag kan för att skydda dig.
-   Tack. Och jag ska göra vad jag kan för att sikta bra med nickehaken. Jag önskar att jag hade kunnat öva mer.
-   Det är bra, Björnen. Visa att du är en bra skytt. För din fars skull också.

Det var svårt att hålla tillbaka tårarna när han pratade om Far på det sättet. Samtidigt var det som om hans ord gjorde att jag för första gången förberedde mig på allvar för strid. Och stoltheten tog överhand över rädslan. I alla fall just nu. Far skulle kunna vara stolt.

Vi fortsatte med värnet efter maten. Jag tyckte att alla verkade arbeta snabbare nu. Vi höll på oavbrutet fram tills furiren kom och berättade att det var middag på gång. Den här gången var det ärtsoppa med fläsk. Det var verkligen en festdag. Som så ofta när vi hade ätit upp och satt kvar i gräset började det komma historier om kriget. Vi hade under hela denna månad fått så många dystra rapporter om bränderna i skärgården och vid kusten. Vi hade ett behov av att rikta tankarna mot nyheter som gav kraft och som visade på svenska framgångar. Först var det en fiskare från Blidö som hade en historia som han ville berätta.

- Har ni hört hur det gick i Svartlöga? Ni östgötar som bara är vana vid slätter ska veta att det är en av Stockholms ytterskärgårdar.

Det var ofta lite retsamt mellan våra tremänningsgrupper. Men det var ingen som tog illa upp.

- Jo. Ryssen var på väg dit också för att elda. Men han visste inte att det bodde skickliga säljägare och fiskare där. Och han hade svårt att ta sig fram bland grynnorna. Att ta sig in till huvudön är ingen barnlek. Så ryssens skärbåtar gick på grund både här och där och han fick försöka staka sig loss. Och då låg gubbarna från Svartlöga och prickskät som om det var säljakt. Och den ena ryssen efter den andra strök med. Till sist fick han vända om. Och ett par båtar satt så illa fast att han blev tvungen att lämna dom.

- Men har ni hört om frun på Tyresö slott, inflikade en östgöte. Om ni skärkarlar vet vad ett slott är. I alla fall är käringen Gyllenstierna en klurig rackare. Hon beordrade sitt tjänstefolk att riva slottets två torn. De trodde först att hon hade mist förståndet helt och hållet. Hon är visst känd för att vara lite egensinnig, gumman. Men det var förbanne mig det klokaste som gick att göra. För slottet blev svårare att upptäcka för ryssen. Och om han upptäckte det skulle han nog tro att nån annan pluton hade varit där innan honom och skövlat. Så slottsraggen står kvar.
- Ska man tro på den skrönan, sade en av Rådmanby-borna.
- Det är dagsens sanning. Åk dit själv och titta nån gång när vi har kastat ut ryssen.

Det började bli kväll och solen lyste så bedrägligt vackert över Sundet. Ett befäl ropade att man skulle samlas nere vid stranden. Jag fruktade att det skulle vara dåliga nyheter. Det var Bocken som skulle tala.

- Lystring, tremänningar. Ni har gjort ett enastående arbete. Jag är stolt över er. Det ska mycket till för att ryssen ska komma förbi oss. Jag tror att han kommer i morgon eller i övermorgon. Det finns nog ingen anledning för honom att vänta. Han finns redan någonstans här utanför i vår skärgård. Ni kanske har hört att han har legat vid Ornö och ruvat. Om det blir strid här så blir det i så fall vår uppgift att samlas i värnet och försvara det intill siste man. Vi måste också skydda våra försänkningar så att inte ryssen kan skapa sig väg förbi vraken. Ända till dess förstärkningen kommer. Vi kommer att ha goda möjligheter att beskjuta galärer som vågar sig fram med våra kanoner. Dom kommer att ha svårt att gå in med mer än en båt i taget och det är inte lätt att komma i skottläge och sikta rätt från en båt. Det finns också en möjlighet att ryssen kommer från skogen och som ni vet så kan vi vända på kanonerna och skjuta mot skogen. Där kommer ryssen att fastna i våra förhuggningar så vi kommer att ha gott om tid att låta honom smaka på det svenska krutet. Men om ryssen väljer att gå på andra sidan Stäket så ska vi inte slösa våra kulor på att försöka träffa honom på långt håll. Vår andra grupp vid Stäkesund kommer att ge honom ett hett bemötande när han sticker fram nosen ur skogen. Och våra galärer i Lännerstasundet har sina kanoner riktade åt det hållet. Vi har också flera regementen nära oss. Södermanlands regemente ligger vid Skarpa äng och kan snabbt komma till vår undsättning. Västmanlands och Dalarnas regementen har förflyttats och ligger också söder om huvudstaden. Så om stöten kommer mot oss så kommer vi att få snar förstärkning om så behövs. Frågor?

- Vad gör vi om ryssen kommer både från galärerna och från skogen på en gång?

Det var östgöten som berättat om Tyresö slott som ställde denna fråga. Jag visste från förut att det var en pratglad och klurig filur.

- Då skjuter vi åt bägge håll. Det bör vi klara. I alla fall den stund som behövs innan förstärkningen kommer. Använd den här kvällen och natten till att vila er så gott det går. Ni är klara med det arbete som ska göras och mer därtill. Vi har posteringar hela kvällen och natten men jag kan inte tänka mig att ryssen försöker sig på ett anfall så här sent på dagen. Då faller han i sin egen grop. Och var försiktiga med brännvin i kväll. I morgon vill jag se er pigga och nytra. Återgå.

Bocken ville inte ha några fler frågor. Det fanns förstås mycket man skulle kunna fråga honom om men vi fick inte stå här och jaga upp oss. Vi hade nu fått klart för oss att det faktiskt kunde bli vi som skulle stå emot de första attackerna från ryssarna. Vi skulle inte bara bygga hinder. Vi skulle bli stridande soldater också. De flesta gick och satte sig igen och fortsatte med att dela stärkande berättelser. Ingen ville prata om fördärvade gårdar, slaktade djur, nedbrunna skogar och stölder av säd och tillhörigheter. Inte i kväll. Jag drog mig försiktigt undan för att ta mitt vanliga bad. Nu behövde jag denna avsvalkning mer än någonsin.

Det hade varit flera nätter med dålig sömn så jag gick och lade mig före de andra. Jag var så trött som aldrig förr. Och hela tiden detta malande av allt som hade hänt efter Fars död. Så dök Kerstin upp i mina tankar. Jag brukade försöka hålla tankarna på henne borta men idag gick det inte. Jag hade inte fått brev från henne på hela den här tiden. Men det var inte svårt att tänka sig att brevet kunde ha kommit på avvägar – om hon alls hade skickat något. Jag blev orolig att jag hade skrivit ett för klumpigt svar. Hon var så duktig på att formulera sig. Och så kunde hon uttrycka sig så där känslosamt. Jag hade aldrig lärt mig det även om jag hade lärt mig att skriva. Hon kanske trodde att jag hade glömt henne nu när jag var soldat i tjänst. Jag undrade mycket hur det hade gått för hennes familj. Jag hade inte hört någonting om Södersvik. Kanske ryssen inte tog sig så långt in med sina båtar. Och kanske det var för långt landvägen från deras landstigningsplatser. Den enda trösten i all sorg var att hon bodde i Uppsala nu. Så långt hade ryssen i alla fall inte kommit. Även om flytten dit också var det som plågade mig allra mest. Och framför allt skälen till att hon blev tvungen att flytta.

Och så kom den svåraste tanken: Tänk om jag skulle dö här och aldrig fick träffa henne igen. Jag hade aldrig funderat på döden. Nu insåg jag att den kunde ta mig. Jag kände många som hade dött i krig. Många fler än personer som hade dött en naturlig död. När jag började tänka på att jag skulle kunna dö vaknade min rädsla lika oväntat och kraftfullt som när en tjäder blir skrämd i skogen och flyger upp med ett brak. Och rädslan tog all plats inne i mig. Alla andra tankar var borta. Jag såg framför mig bilder av lemlästade män. Det var bara fantasibilder. Jag hade aldrig sett en död person. Inte heller någon som dött en naturlig död. Far fick jag aldrig se. Men mina fantasier om hur han sett ut var nog värre än verkligheten. Om ryssen kom skulle jag säkert få se svårt skadade. Och säkert också döende.

När jag tänkte på att själv ligga skadad med en avhuggen lem fick jag panik. Aldrig tidigare hade jag drabbats av en sådan besinningslös skräck. Jag tog mig ut ur tältet. Det var ett märkligt ljus från en måne som var på väg att förvandlas till ny. Det var liksom ljust men ändå inte. De andra satt kvar och hade tänt en eld nere vid vattnet. Jag smög mig förbi dem för jag ville inte att någon skulle se mig i det här tillståndet. Det dunkade i bröstet och jag var så yr att jag trodde att jag skulle falla omkull. Jag tog mig en bit bort från de andra och gick ner mot stranden. Jag slängde av mig mina kläder och gled ner i vattnet. Jag brydde mig inte om några kosacker. Jag ville bara försöka bli av med den här förfärliga känslan.

Vattnet gav svalka och jag försökte simma lugna tag. Jag kom att tänka på Far och alla gånger han och jag badat i skärgården när vi varit ute och fiskat eller jagat. Efter ett tag blev jag lugnare. Det var som om både badet och tankarna på Far dämpade mina känslor. Jag höll mig nära stranden hela tiden.

Jag visste inte vad som skulle kunna hända när det var så mycket som bubblade i min kropp. Så vände jag och simmade tillbaka. Bottnen var stenig och jag kravlade mig upp på stranden på alla fyra. Jag tog på mig byxorna och satte mig på klippan. Jag tittade åt alla håll för att försäkra mig om att ingen kunde se mig.

Nu dök det upp nya tankar. Vad skulle hända om jag dog? Jag var nog mest rädd för att det skulle göra väldigt ont innan. Men kanske det vore skönt att få dö så att jag slapp ifrån allt som hade plågat mig så mycket det här året. Och som bara fortsatte. Men det var inte rätt att tänka så. Jag måste se till att Mor och barnen hade det bra. Och Kerstin.

Hur skulle Gud ta emot mig? Jag trodde på Gud även om jag sällan gick i kyrkan. Far var nog mer tvivlande än troende men Mor ville ofta att vi skulle gå till kyrkan tillsammans hela familjen. Jag undrade vad Gud tänkte om Kerstin och mig. Skulle jag bli dömd av honom för att vi hade älskat med varandra i halmen? Jag visste att det var brottsligt. Men jag visste också att många hade gjort som Kerstin och jag. Och jag hade aldrig hört talas om någon som blev dragen inför domstol för det. Men vad skulle Gud säga? Tänk om man kunde göra som de där katolikerna och bikta sig för en person som inte förde det vidare. Och efter det få förlåtelse av Gud. Kanske skulle jag kunna be Gud om förlåtelse nu. Men då skulle jag ljuga eftersom jag inte ångrade mig. Och att ljuga inför Gud var kanske ännu värre. Jag bestämde mig för att be så ärligt som jag kunde:

> *Gode Gud! Jag fruktar att jag kommer att stupa i striderna som kommer snart. Jag vet inte hur man ska skydda sig. Jag ber Dig om hjälp för jag vill inte dö så här ung.*

Jag ber om förlåtelse för att Kerstin och jag låg i halmen. Du vet det säkert redan. Jag vet att det var fel men vi tyckte så mycket om varandra. Jag ber dig också att ta hand om henne om jag dör. Och att ta hand om Mor, Karl och Maria.

Och förlåt mig för allt annat syndigt jag har gjort. Också om jag kommer att döda en ryss. Men jag vore tvungen att göra det i så fall. Andra bestämmer över mig. Förlåt mig, gode Herre Gud. Amen.

Efter att jag hade bett blev jag lugnare igen. Jag vet inte hur mycket som berodde på bönen och hur mycket som berodde på badet och tankarna på Far. Men det spelade ingen roll. Jag hade nästan torkat färdigt och tog på mig skjortan. Så gick jag tillbaka till tältet. Två av de andra hade lagt sig och det verkade som om de sov. Jag smög mig fram och lade mig så försiktigt jag kunde på min rock utan att väcka någon av dem.

16

Dagen började som så många andra denna sommar med sol och en snabbt tilltagande hetta. Det var en annorlunda stämning kring vår befästning idag. Nästan ingen pratade under frukosten. Vi gick till våra arbetsuppgifter vid värnet men det var inte mycket mer vi kunde göra. Bocken verkade också nöjd. Förhuggningarna var klara och värnet likaså.

Vi avlöste varandra som spanare. Två höll utkik österut mot Stäkets öppning till Baggensfjärden. Det var där de ryska galärerna förväntades komma. Två höll utkik in mot våra förhuggningar och två mot andra sidan sundet. Man höll vakt i en timme innan man blev avlöst. Det var ett bra system för det gällde att verkligen vara så uppmärksam som möjligt på sin uppgift hela tiden.

Den tärande tystnaden bröts av ett par skott. Jag ryckte till i hela kroppen och såg mig omkring. Jag undrade om det här var inledningen av den första attacken. Bocken vände sig till oss som stod runt omkring.

-   Jag tror att detta kan ha varit varningsskott från kapten Fritz Wachtmeister. I så fall betyder det att ryssen är på väg över Baggen. Nu är det högsta beredskap som gäller.

Denne kapten, som vi brukade kalla för Fritzen, hade redan tidigt i morse gett sig ut på en rekognoseringstur på Baggensfjärden. Han hade valt en av våra mindre men mer lättrodda båtar tilsammans med två soldater som förde årorna. Bommen från Gräddö, soldaten som jag hade mött på skjutövningen i Frötuna, var en av roddarna.

Vi väntade och väntade men det kom inga nya skott. Vi kunde inte heller se något oroväckande. Just när jag hade vakten österut kom Bommen springande. Han verkade mycket upprörd. Jag ropade på Bocken som skyndade sig fram.

- Var är dom andra, frågade han.

Bommen tog ett par snabba andetag för att kunna börja prata.

- Dom är på väg till huvudlägret. Jag skulle ta mig hit och varna.
- Varna. För vadå? Är ryssen på väg?
- Det kan man verkligen säga.

Han tog ett djupt andetag till. Så fortsatte han att prata i korta meningar, avhuggna av den pressade andhämtningen.

- Vi rodde en bra bit ut på Baggen. Och så såg vi dom komma genom Fällström. Dom dök upp helt oväntat. Vi vände om på en gång. Och rodde för våra liv tillbaka hemåt. Dom där galärerna är snabba. Dom forsar fram.
- Så kapten Wachtmeister är och rapporterar för ledningen vid Stäkesund?
- Just det.
- Då behöver vi inte tänka på det. Har du fler iakttagelser att rapportera?
- Nej. Det var allt.
- Gott. Ge Bommen här lite att dricka.

Det hade samlats en ring runt omkring dem men jag gick iväg och hämtade en mugg vatten till Bommen. Han tömde den i ett svep. Ringen runt Bocken vidgades.

- Nu är stunden kommen. Jag förmodar att vi kommer att få höra fler rapporter från våra spanargrupper inom kort. Men nu kommer med säkerhet ett anfall mot Stäket. Via land eller vatten. Men snarare både och. Alla tar fram sina vapen och intar sina skjutställningar. Kom ihåg att vi kan känna förtröstan inför det skydd som överste von Dahlheim har tänkt ut och som vi har byggt upp. Fienden kommer att behöva kämpa ur underläge. Och kontrollera att kanoner, nickehakar och musköter är laddade. Vi kommer efter samlingen att upplösa det gamla systemet med separata vakter och vaktavlösning en gång i timmen. Nu vilar ett tungt ansvar på oss alla. Frågor?

Ingen yttrade sig. Runt omkring mig såg jag hopknipna läppar och rynkade pannor. Nu skulle det vi hade fruktat bryta ut. Det var ändå på sätt och vis en lättnad att slippa gå och vänta. Och den oro som jag känt i natt hade dragit sig tillbaka. Jag var lite skamsen för att jag hade låtit mig styras så av mina fantasier och känslor. Nu gällde det att se till att allt var i sin ordning med nickehaken, för säkert fjärde gången idag för min del. Jag hade en laddare till min hjälp, Westerlund från Rävsnäs. Han var en av de äldsta i gruppen, säkert över fyrtio år. Han var var lite av en enstöring, både hemmavid och här. Han hade en liten stuga i skogen strax utanför byn där han bodde ensam. Han brukade ligga ute i skärgården och fiska och hade rykte om sig att vara mycket duktig på att förstå sig på var fisken kunde gå till. Han hade varit med båda gångerna då jag fick provskjuta och jag tyckte att vi arbetade bra tillsammans. Jag var först orolig att han skulle misstycka till att jag, som var så mycket yngre, skulle ha den mer ansvarsfulla uppgiften. Men det verkade inte bekymra honom alls. Han var inte någon jägare och hade aldrig skjutit med gevär.

Vi tog alla skydd i värnet och såg till att skjutvapnen var redo. Westerlund och jag hade skapat en god öppning för nickehaken som stod stadigt. Den var riktad mot skogen och förhuggningarna tillsammans med två andra likadana. Dalen hade bedömt att de var lämpliga för att möta de grenadjärer som vi trodde skulle komma i första ledet med sina handgranater. Vi var alla beredda att snabbt flytta dem till sjösidan om så behövdes. Också där hade vi öppningar som var avsedda för just våra vapen. Nickehakarna stod på ett däck av plankor, som var jämnt som ett golv. Dalen hade hjälpt oss att se till att det blev helt plant. Det underlättade både när vi siktade och om vi skulle förflytta vapnet.

De tre 24-pundiga kanonerna var riktade mot vattnet. Dalen trodde att dessa skulle komma till bäst nytta mot de ryska galärerna som skulle kunna få stora skador om de blev träffade. Och inställningarna för kanonerna hade också anpassats vid en provskjutning då Dalen hade markerat med bojar där han trodde att en galär skulle kunna komma. Vi hoppades att vi skulle få gott om tid att ställa in riktningen på nickehaken eftersom alla som försökte anfalla oss från land måste passera våra hinder med alla vassa grenar. Det skulle bli en tidsödande och plågsam uppgift för dem att försöka ta sig fram till vårt värn.

Dalen kom med fler tremänningar som förstärkning och färska rapporter. Nu var det han som tog över befälet. Bocken syntes inte till. Dalen ställde sig på en sten och vände sig till alla som fanns kring värnet.

- Generaladjutanten Filip Tessin har från Stäkesund avridit och högkvarteret i Stora Sköndal tillridit. Överbefälhavaren kommer snart av kapten Wachtmeisters rapport att taga del. Om han den inte redan erhållit har.

Även om Dalen hade varit länge i svensk tjänst så hade han svårt att uttrycka sig på korrekt svenska. Men det gick oftast att förstå vad han menade. Dalen berättade också att Södermanlands regemente skulle komma och försvara det område där vi höll till men han visste inte när de skulle kunna komma fram till oss. De befann sig nästan sex fjärdingsvägar bort. En soldat från Östgöta tremänningar visste att det var en besvärlig väg och att det skulle kunna ta lång tid. Jag tror att Dalen var irriterad för att man hade förlagt detta regemente så långt från Stäket men det var lite svårt att förstå det han sade om just det. Avståndet ökade i alla fall risken för att vi skulle få klara oss länge utan hjälp av andra soldater.

Dalen trodde att det var vi vid Knapens hål som skulle få ta första stöten. Det verkade sannolikt att ryssarna skulle försöka rensa upp i Stäket för att göra det möjligt för deras galärer att ta sig in mot Stockholm. Det skulle säkert bli svårt att komma förbi våra försänkningar. Men inte omöjligt om de kunde röja undan åtminstone en av de sänkta skutorna. Och om de lyckades med det så skulle de kunna komma igenom med en galär i taget. Men de skulle hela tiden vara utsatta för eld från vårt värn. Av det skälet skulle de antagligen försöka oskadliggöra oss först.

Just när Dalen hade slutat prata kom ett par av våra kust-spanare. De rapporterade att ryssarna börjat sin landstigning på Skogsö, strax söder om Stäkets utlopp. Det betydde att de nu bara var en fjärdingsväg från oss. Trovärdigheten av spanarnas berättelse förstärktes av en allt tydligare brandrök. Spanarna pratade i munnen på varandra.

- Det är massor av båtar.
- Jag tror att dom var fler än hundra.
- Stora galärer med tjugo åror på varje sida.

- Två master med jättelika segel.
- Dom bara strömmar i land i sina blå uniformer.
- Och dom sätter eld på allt dom ser.
- Och några kosacker kom på sina hästar.

Dalen avbröt deras rapport.

- Tack. Det var utmärkt. Då vet vi. Här kommer dom att problem påstöta.

17

Erik stod vid en av kanonerna. Han brukade alltid vara lugn men nu hörde jag honom skrika till.

- Jag ser dom. På Boolandet.

Alla vände sig mot området på andra sidan vattnet. Och vi såg vad han hade upptäckt. Först kunde man se enstaka rödklädda ryska soldater som tog sig fram på norra sidan. Sedan kom allt fler. Några rörde sig ner mot stranden. Alla verkade vara på väg mot den inre delen av Stäket och vårt andra värn. Dalen ropade högt så att alla skulle höra:

- Inte med musköterna skjuta. Vänta, vänta. Det är för långt avstånd.

Vi kom ihåg att Bocken hade sagt samma sak. För oss gällde det att spara på ammunitionen. Och visst var det små möjligheter att träffa springande soldater på långt håll.

- Jag måste er lämna. Jag kommer snart tillbaka.

Dalen nästan sprang iväg västerut med en adjutant som gjorde sitt bästa för att hinna med. Jag antar att Dalen ville stödja tremänningarna vid Stäkesund. De skulle tydligen få ta första stöten. Istället kom Fritzen fram och tog befälet. Jag hade inte sett honom efter hans rekognoseringstur i morse. Bocken var fortfarande borta. En östgöte hade hört att han skulle hjälpa till med att leda arbetet på båtarna i Lännerstasundet. Fritzen var uppskattad av oss tremänningar men det kändes inte riktigt bra att både Bocken och Dalen var borta nu när vi förmodligen skulle hamna i strid.

- Pojkar, glöm inte att hålla uppsikt åt alla håll, sade Fritzen. Det kan komma en attack från skogen också.

Det var bra att han sade till. Vi stod som förhäxade och tittade på den strida strömmen av rödglänsande uniformer. Det var annat än de tarvliga rockar som de flesta av oss tremänningar bar. En stund senare hördes flera kanonskott från Stäkesund.

- Nu får ryssen smaka på eld från våra svenska galärer, sade Fritzen. Och snart kommer vår avdelning vid värnet att göra att ryssen får det ännu hetare.

Det var i den här situationen som våra fartyg i Lännersta-sundet skulle göra nytta. Vi hörde ännu en salva med kanon-skott. Strax därefter kom ljudet från musköter och nickehakar. Ryssarna hade tydligen kommit inom skotthåll för våra kamrater i värnet också.

Brandröken började bli alltmer besvärande. Jag tänkte att den nog var ännu värre för ryssarna själva när de drog fram till lands. Så småningom blev eldgivningen allt glesare. Till slut hördes det bara enstaka kanonskott. Fritzen verkade nöjd.

- Nu har vi vunnit den första striden. Bra gjort av våra kamrater.

Och som bevis på att han hade rätt såg vi att den röda strömmen av ryssar nu flöt åt andra hållet, tillbaka till Baggensfjärden. Vi såg också några som bar på sårade. Jag gissade att förlusterna varit för kännbara för att de skulle vilja fortsätta. De måste ha varit helt oskyddade när de kom fram och blev synliga för det svenska försvaret.

- Ryssen slår till reträtt, ropade Fritzen. Men han kommer tillbaka. Det kan jag lova.

Nu följde en väntan som kändes olidligt lång. Vi spanade åt alla håll men vi kunde inte upptäcka något anmärkningsvärt. Den alltmer intensiva brandröken påminde oss hela tiden om ryssarnas närvaro. Vi kunde också se svarta rökmoln stiga upp från andra sidan sundet. Jag stod och spanade genom en tittglugg upp mot våra försänkningar. Vi hade skapat ett mäktigt spärrområde. Det bredde ut sig som en solfjäder från värnet. Jag tror att det sträckte sig minst tjugofem famnar bort från oss och började kanske sex eller sju famnar framför oss. Det skulle bli ett styvt arbete för ryssen att ta sig fram. Precis när jag tänkte den tanken dök det upp en blå uniform i våra förhuggningar. Det såg nästan ut som en karolin men det måste vara en ryss. Antagligen var den här soldaten från ett annat regemente än de rödklädda soldater som vi sett tidigare på andra sidan sundet. Och strax därefter kom det två till i blå uniformer. Alla tre försökte ta sig fram över våra fällda träd. En verkade ha fastnat med sin uniform i en av alla grenar som vi hade spetsat till. Fritzen befallde fem av soldaterna från min pluton att ge eld med sina musköter. Vi måste vara rädda om ammunitionen. Lagren var knappa. Fem erfarna fiskare och jägare från Rådmansö och öarna runt omkring sköt nästan samtidigt och alla tre ryssarna föll ihop.

- Bra gjort, gossar, ropade Fritzen som stod mitt i gruppen. Nu vilar det på oss. Nu ska vi visa vad vi tycker om ryssarna.

Sedan blev det alldeles tyst. Alla låg och väntade på att nästa grupp skulle dyka upp. Ingen av oss hade nog trott innan vi kom hit att vi skulle kunna hamna mitt i ett anfall på det här sättet. Vi hade sett oss först och främst som anläggnings-arbetare. Det var ju också det som översten hade sagt i Frötuna. Men gradvis, och framför allt de senaste dagarna, hade vi vant oss vid tanken. Jag var inte rädd egentligen. Det var mera som en väldig anspänning. Just att vi hela tiden måste vara så uppmärksamma på om någon kunde dyka upp i vår närhet gjorde att få andra tankar eller känslor fick plats i mitt medvetande. Alla undrade vi när sörmlänningarna skulle komma. Och de andra regementena som skulle finnas i närheten. Västmanlands. Och Dalarnas. De borde veta vad som pågick nu och skynda sig hit så fort de kunde.

Så hörde jag ett nytt ljud som jag inte kände till. Det var från en rysk handgranat som landade en femton famnar framför oss. Och den följdes av ett par till. Den närmaste kom kanske tio famnar från oss.

- Nu gäller det att dom inte kommer närmare, skrek Fritzen. Gör klart för ny salva.

Nu kunde vi se flera blå uniformer bland trädhögarna. Det var soldater som försökte klättra sig fram bland virrvarret av träd och spetsiga grenar. Antagligen hade de inte förväntat sig en sådan anläggning. I så fall skulle de ha haft yxor och andra redskap till hjälp. Jag kunde också se att många soldater höll en granat i ena handen. Musköten hade de hängande på ryggen. Erik hade berättat för mig att granatkastning var ett av ryssarnas främsta vapen.

- Ge eld, ropade Fritzen.

Alla som hade musköter sköt nästan samtidigt. Det smällde till ordentligt. Och vi fyra par som hade nickehakar gjorde samma sak. Jag siktade så noga jag kunde. Det var inte helt lätt. Först fick man ställa in nickehaken i sidled och därefter försöka räkna ut hur högt man skulle ställa kanonröret för att kulan skulle landa på rätt avstånd. Jag siktade på ett par soldater som verkade vara på väg att kasta sina handgranater mot oss och Westerlund skötte avfyrningen när jag skrek "Skjut!". Vi hade tur. Kulan träffade en av dem. Det verkade också som om hans granat exploderade för det blev en väldig smäll när kulan landade. Alla tre ryssarna föll omkull.

- Bra siktat, Björnen, ropade Fritzen.

Först blev jag stolt och glad. Jag hade lyckats. Sedan kom en obehaglig känsla av att jag kanske hade dödat tre människor. Jag gnuggade mina händer mot tinningarna och försökte koncentrera mig på att spana efter nya grenadjärer som närmade sig. Det verkade som om vår gemensamma salva hade haft effekt. Vi kunde inte se några fler ryska soldater bland trädstammarna. Förutom de kroppar som låg till synes livlösa. Det uppstod en svårtolkad tystnad. Vi visste inte om den berodde på att ryssarna hade slagit till reträtt eller om de förberedde en mer intensiv attack. Vi kunde inte göra annat än att ladda om och vänta.

Så bröt det fram en betydligt större grupp ryska soldater än förut och det började landa handgranater framför värnet. Kanske var krevaderna bara sju famnar från oss. Just då kom Dalen marscherande med fler soldater från Stäkets krog för att stötta oss. Han fick en granatskärva i pannan och föll omkull. Men han reste sig på en gång med blodet rinnande nerför ansiktet som om inget hade hänt. Han skrek åt oss:

- Ge eld, alle man!

Alla hade laddat om och det blev en kraftig smäll när vi avlossade våra skott. Många ryssar föll men flera var oskadda och fortsatte att kämpa sig igenom grenverken.

- Skynda på att omladda, ropade Dalen som utstrålade ett kraftfullt lugn mitt i denna villervalla. Ni kan nu fritt skjuta.

Det gick snabbare för musketörerna än för oss som hade nickehakar och vi hörde hur de fyrade av sina bössor igen. Sedan var det vår tur.

- Tre ryssar att påskjuta på höger hand, ropade Dalen. Med granater i hand.

Det var ett par ryssar som hade kommit mycket närmare än de andra. Jag fick vrida nickhaken nästan ett åttondels varv innan den pekade rätt. Det kändes som ett tungt ansvar att träffa nu. Jag tvekade lite om höjdriktningen. Eftersom de här soldaterna var en aning närmare än de förra så ändrade jag eldröret lite grann. Och jag hade tur den här gången också och träffade den som var i mitten så att hans handgranat också exploderade. Det verkade som om även dessa tre ryssar var oskadliggjorda.

- Bra skjutet, Björnen.

Att få beröm från Dalen gjorde mig upprymd och jag skyndade på Westerlund att ladda om nickehaken. Nu skulle ryssen få. Men efter de här salvorna verkade det som om ryssarna drog sig tillbaka. De hade lämnat sina döda bland de fällda träden. En eftersläntrande soldat var sårad och hade svårt att ta sig tillbaka genom hindren. Vi lät honom släpa sig fram efter sina flyende kamrater utan att skjuta mot honom.

18

Vi hade klarat det. Vi hade drivit iväg ryssarna. Vi gick som i ett rus och dunkade varandra i ryggen. Erik kom fram till mig.

- Två fullträffar på två försök, Björnen. Och sex ryssar. Jag hörde Dalen och Fritzen prata om dig. Du är otrolig. Din far skulle vara stolt över dig.

Det är klart att jag blev rörd men jag försökte tänka på annat. Det skulle verkligen kännas löjligt att stå här i krutröken och lipa.

- Jag hade tur. Hur gick det för dig?
- Jag fick fyra stycken. Det är ju inte så svårt när dom rör sig så sakta för att ta sig fram bland grenarna. Skarp idé av Dalen med dom här förhuggningarna. Och handgranaterna kom ju aldrig riktigt nära.
- Tror du att det är över nu?
- Jag hoppas det. Men man kan aldrig riktigt veta. Det vore ju konstigt om dom inte skulle pröva på att gå in med ett par båtar. Men dom kanske tycker att dom har fått nog.
- Jag hoppas det.

Vi hade inte hunnit äta ordentligt efter frukost men nu kom furiren och berättade att det fanns mat för den som ville ha. Det var korvar och bröd. Och vatten men inget öl och inget brännvin.

- Pojkar. Vi går till två utkikar åt varje håll tillbaka, sade Dalen. Frivilliga?

Han såg sig omkring och jag var en av de första som anmälde sig. Jag blev placerad vid utkiken mot vårt skogsområde. Jag var så uppjagad att jag måste ta det lugnt innan jag kunde äta.

Om man nu skulle kunna kalla det lugnt att hålla vakt med fienden lurande från alla håll. Westerlund följde mitt exempel och ställde sig bredvid mig. Det kom snabbt frivilliga till de två andra posterna också medan övriga tremänningar gick fram till maten och tog för sig. Två roddare hade tydligen tagit sig hit med en eka från huvudlägret strax efter det att eldgivningen hade upphört.

- Du var mig en rackare till att skjuta, sade Westerlund.

Det var nog första gången han sade något av sig själv. Jag visste inte riktigt vad jag skulle säga.

- Vi arbetar bra ihop.
- Jag kände far din när jag var grabb. Han var skicklig på att skjuta sjöfågel redan då. Vi var ute ibland i ytterskären med några andra pojkar från bygden. Själv brukade jag bara fiska. Min mor var ju krigsänka och hon hade varken råd eller lust att skaffa ett muskedunder till oss.
- Så du kände min far?
- Det var en fin man. Jag hörde att han blev dräpt i Norge. Samma dag som kungen till och med.
- Det stämmer.
- Den där förbanande pojkkungen. Han har utarmat vårt land och tagit så många goda mäns liv. Som din far och min far. Måtta han ha hamnat i helvetet.

Det var lätt att hålla med honom men jag var rädd för att uttrycka mig så starkt som han gjorde. Någon kunde lyssna och rapportera till Bocken. Jag försökte säga något neutralt som ändå visade att jag höll med honom.

- Det har varit knapert hemma det här året. Och nu lär väl all säd vara tagen av ryssen.

- Så är det. Ska du tillbaka till Åkerö efter slaget?
- Jag vet inte vad jag ska göra när allt tar slut. Och om jag blir hemskickad i så fall.
- Det kan du i raggens namn vara säker på. Dom rackarna tänker inte ansvara en enda dag extra för oss.
- Och jag vet inte om jag har nåt hem.
- Jag hörde om den där Pekka.
- Det var han som ville ha iväg mig till kriget.
- Han skulle få. Vet du om att han smet när ryssen knackade på dörren.
- Jo, jag vet.
- Om dom får tag i honom så lär han få sätta livet till. Det är rätt åt den jäveln. Han brukade vittja andras nät. Jag kom på honom en gång men han hann smita. Hal jävel.
- Far trodde också att han hade vittjat våra nät.
- Det kan jag gott tro. Jo, jag tänkte att om det blir slut nu. Jag menar om striderna tar slut. Vi kunde kanske göra sällskap hem. Vi ska ju åt samma håll. Och jag känner ett par skärgårdsbor som la sina båtar i Mälaren när ryssen kom och eldade. Och dom ska säkert tillbaka när ryssen ger sig iväg. För den här gången.

Samtalet hade fått mig att tänka på Far igen. Jag undrade hur han hade sett ut när han dog och om han hade haft mycket ont. Jag fick anstränga mig för att hålla uppmärksamheten riktad mot alla snår där det kunde dyka upp en ryss.

Westerlund och jag blev avlösta av två andra tremänningar och vi gick för att få i oss lite mat. Stämningen var spänd i den grupp tremänningar som satt i gräset och åt. Jag satte mig bredvid Erik som hade ätit klart.

- Såg ni några ryssar, frågade han.
- Nej, inte en enda. Har det kommit nån rapport om vad ryssarna gör?
- Dalen berättade det som vi själva hade hört och gissat oss till om den första attacken. Dom svenska galärerna hade vunnit framgångar med sitt skytte vid Stäkesund. Och när några ryssar kom ända ner mot vårt värn möttes dom av kulor från musköter. Dom flesta stöp till marken direkt. Och dom andra vände. Dom var ju helt oskyddade så jag förstår att dom blev förskräckta.
- Hur gick det med våra kamrater?
- Jag har inte hört annat än att alla klarade sig.

Det var skönt att få det bekräftat. Och nu hade vi stått som segrare i två attacker. Kanske skulle de ge upp. Eller också hade de en omarbetad plan nu när de visste hur våra värn såg ut och hur många fartyg som fanns i Lännerstasundet. Jag såg Dalen sitta under ett träd. En sjukvårdare hade försökt rengöra hans sår. Nu hade han ett stort vitt förband över pannan.

Det kändes lugnare nu och jag hade inga svårigheter att sätta i mig ett par kalla korvar och lite bröd. Jag sträckte ut mig på gräset ett tag utan att falla i sömn. Men det var skönt att bara ligga och vila ett par minuter. När jag kom tillbaka till vår plats var Westerlund redan där och hade laddat om, precis som alla andra. Jag stod hela tiden och undrade från vilket håll och på vilket sätt ryssen skulle komma nästa gång. Ju längre tiden gick desto mer sannolikt blev det att han hade gett upp. I alla fall för idag.

19

Det började närma sig kväll och den efterlängtade svalkan kom till oss. Vi började slappna av och vaksamheten minskade. Då ropade en av dom som spanade mot sjösidan.

- Båtar i sikte.

Dalen var beredd. Det var som om han fick kraft av annalkande fara.

- Vi kommer detta att avklara, pojkar. Vänta med det första skott. Jag säger till.

Vi såg tre öppna roddfartyg som verkade vara mycket stora för att vara denna typ av båt. Det såg ut att vara ungefär fyrtio soldater på var och en av dem. Det verkade inte som om de hade några kanoner. Kanske var deras uppgift att försöka röja undan de hinder som vi hade lagt ut. Långt bakom dem kom två betydligt större båtar, antagligen ryska galärer. De var säkert tre till fyra famnar breda. Längden var svår att avgöra eftersom de kom rakt mot oss. På varje sida var det ett myller av åror. De hade också två höga master med seglen beslagna.

Dalen var tyst och följde hela tiden roddbåtarna som kom allt närmare oss i sin kikare. Det var nog många av oss som blev oroliga att vi skulle kunna bli beskjutna snart om inte Dalen gav order om eld. Men ingen vågade säga något. Så vände han sig lugnt mot oss.

- De två kanoner på min vänstra sida siktar in sig på den första båt. Kanonen på min högra sida siktar på den andra. Vänta till jag ger besked om eld. Ingen fara. Jag ser varken nickehake eller kanon på dom ryska roddbåtar.

Det gick ytterligare en stund som kändes plågsamt lång medan båtarna gled fram mot oss. Jag gissade att Dalen ville vänta tills båtarna skulle komma så nära att det skulle vara tillräckligt goda möjligheter för oss att träffa våra mål och åstadkomma skador som var verksamma. Så kom ordern.

- Ge eld med kanoner!

De tre kanonerna avfyrades nästan samtidigt. Den första båten träffades av bägge skotten. Det tycktes bli panik ombord på den och vi kunde höra skrik från skadade ryssar. Det såg ut som om båten skulle sjunka redan efter denna första salva. Fören tippade uppåt och aktern sjönk allt djupare ner i vattnet. Den andra båten hade blivit träffad i fören men den hade inte blivit lika allvarligt skadad som den första och roddarna som gjort ett uppehåll återupptog arbetet med sina åror.

- Ladda om kanoner. Dom två vänstra med kulor, den högra med kartesch.

Kartesch innebar att man laddade med en behållare som innehöll små kulor eller metallskrot istället för att ladda en stor kula. Det var ett otäckt vapen som skadade många. Jag tyckte illa om det men jag förstod Dalens order. Det gällde att skrämma iväg fienden direkt.

- Främsta ledet, ge eld med musköter mot den första båt!

Skottsalvan kom omgående från tio tremänningar. De var alla duktiga skärgårdsskyttar och mer än hälften av kulorna verkade ha träffat ryssar. Vi hörde nya skrik från den skadade båten. Dalen var samlad.

- Nickehakar, skjut mot den andra båt.

113

Vi hade snurrat runt vår nickehake och fått in den i vår öppning mot Sundet. Jag hade också börjat ställa in skjutavståndet till denna båt och nu valde jag att rikta skottet mot båtens mitt. Och vi fick träff igen. Kulan hade åstadkommit ett stort hål i båtens långsida som var vänd mot oss. Av skriken att döma hade några ryssar också blivit skadade. All rodd upphörde och alla ryssar verkade vara upptagna av att försöka laga skadan och att ösa.

- Bra, Björnen, ropade Dalen. Det var mitten pricken.

De andra tre nickehakarna avlossade sina skott strax efter vårt. Två kulor dök ner i vattnet till höger om båten från oss sett och den ena av dem verkade ha skadat flera åror. Den tredje kulan träffade fören men skadan verkade inte ha någon betydelse för båtens sjöduglighet.

- Det är bra pojkar, nu fick ryssen något att tänka på. Andra ledet, ge eld med musköter mot den andra båt!

Den här gången var det sörmlänningarnas tur. Det verkade som om flera ryska soldater blev träffade även av denna omgång.

- Alle man, ladda om.

Det var onödigt att säga, vi var alla engagerade i omladdningar. Än så länge hade vi bara blivit beskjutna med enstaka muskötskott. Just nu verkade det som om alla på roddbåtarna var upptagna med annat men om de skulle börja skjuta med musköter igen så stod vi väl skyddade bakom vårt värn. Och det såg verkligen ut som om roddfartygen inte hade några kanoner, varken nickehakar eller större. Det skulle nog bli annorlunda när galärerna kom. Men de låg fortfarande för långt bort för att kunna beskjuta oss med goda träffmöjligheter särskilt som det är en stor nackdel att skjuta från ett fartyg som rör sig. Men risken fanns att vi snart skulle få tunga kanonkulor mot oss. Värnet skulle knappast hålla för en sådan träff. Vi måste börja beskjuta dem snart. Och snart var våra 24-pundare laddade igen.

- Är kanon med kartesch laddad.
- Ja, överste, fick Dalen till svar.
- Bra pojkar. Ge eld med kartesch mot den andra båt.

Det var tre sörmlänningar som ansvarade för denna kanon. De var snabba med att ställa in siktet och fyrade av. Det blev en fruktansvärd träff. Några ryssar föll ihop och andra skrek av smärta. En soldat hoppade i vattnet.

Det första roddfartyget började sjunka och vi såg hur flera ryssar försökte ta sig upp på det andra, som ju också var skadat. Det tredje höll sig längre bak. Jag antog att befälhavaren på den båten hade förstått risken och var tacksam att eldgivningen inte hade riktats mot dem än. De verkade nu försöka backa tillbaka. En vändning hade varit för farlig. Den skulle ha inneburit att de hade varit helt utlämnade åt våra skyttar under en ganska lång tid.

- Första ledet musköter. Ge eld mot den första båt. Och andra ledet, ge eld mot den andra båt.

Alla hade inte hunnit ladda om så eldgivningen blev mer utdragen över tid. Strax efter sjönk den första båten och den andra försökte också backa.

- Låt dom hållas, sade Dalen. Dom gör oss ingen skada mer. Vi sparar våra kulor.

Trots att den andra båten var svårt skadad och läckte så lyckades ryssarna långsamt föra den bakåt. Flera soldater från den första båten hade inte hunnit ta sig upp på den andra och de kunde nu bara konstatera att den rörde sig bort och att de inte längre hade någon möjlighet att bli räddade av den. För första gången under striden kände jag medlidande med våra motståndare. Det måste vara fruktansvärt att ligga övergiven i vattnet och inte kunna rädda sig själv. Kanske skulle det i alla fall vara möjligt för någon eller några att ta sig i land. Jag beundrade Dalen som avstod från allt onödigt dödande, även om hans huvudskäl var att spara ammunitionen för senare behov.

Den första galären hade nu kommit inom skotthåll.

- Var beredda skjuta med 24-pundarna mot den första galär. Ge eld!

De två kanoner som var laddade fyrades av nästan samtidigt. Och vi fick se att den ena kulan hade träffat i fören och den andra någonstans i mitten. Den första hade också skadat den främre masten som vek sig åt styrbordssidan. Vi hade haft stora framgångar hittills.

- Nickehakar ge eld mot den första galär.

Den här gången avlossade vi våra skott ungefär samtidigt. Det verkade som om vi alla fyra hade träffat galären som började luta åt ena sidan. Vi såg också hur roddarna försökte vända den snabbt, säkert för att komma ut ur sundet och få hjälp. Sedan såg det ut som om de två galärerna fastnade i varandras åror. Det verkade vara full panik på båda båtarna. Dalen stod lugnt och följde utvecklingen. Snart var våra kanoner färdigladdade igen.

- Kanonjärer. Ge eld mot dom galärer!

Tre skott avlossades direkt. Den första galären skyddade i viss mån den andra och fick ta emot träffar igen. Vi kunde se hur soldater hoppade i vattnet för att försöka ta sig till den bortre galären. På den försökte man nu också att backa, som med en liten roddbåt. Att vända verkade omöjligt när den andra låg i vägen och antagligen var på väg att sjunka.

Det andra roddfartyget hade slagsida men hade fortsatt med sin backningsmanöver. Det tredje var redan halvvägs ute från den mindre delen av Boofladen och skulle snart komma utom skjuthåll. Vi undrade alla om vi skulle skjuta mer. Vi väntade på Dalens order.

- Pojkar. Vi sparar på krut och kulor. Ryssen smiter iväg med den svans mellan benen. Han får för sina kamrater berätta vilka överraskningar som hos dom svenskc i Stäket vänta.

Det var som ett skådespel att se hur den andra svårt skadade roddbåten lyckades ta sig runt den lilla udden till den större delen av Boofladen för att antagligen invänta hjälp från någon av de andra båtarna. Den först beskjutna galären höll på att sjunka och vi såg nu bara den mast som inte var nedskjuten och akterruffen sticka upp ovanför vattenytan. Den andra galären försvann utom synhåll. Ingen hade hunnit avlossa ett enda kanonskott.

- Gott, pojkar. Det var en äkta seger. Nu måste vi den skog bevaka. Något säger mig att vi snart åter besök får.

20

Dalen skickade iväg en korpral till vår krigsledning vid Stäke-sund för att utbyta information. Denne kom tillbaka ganska snart med en roddbåt och steg i land, mycket andfådd.

- Överste. Äntligen är sörmlänningarna på väg. I alla fall von Essens bataljon.
- Bara en bataljon. Varför?
- Den andra bataljonen kom iväg senare. Och von Essen ska gå fram mot ryssarna en bit söder om oss. Dom är som sagt på väg. När överste Fuchs anländer med sin bataljon så kommer han att rycka fram lite närmare oss. Militärledningen önskar att nån leder översten fram. Det är besvärlig terräng och det börjar skymma redan. Låter han hälsa.
- Gott. Jag tar det själv. Kapten Wachtmeister håller ställningarna. Byt av den stackars soldat här. Jag behöver en utvilad och stark soldat.

En av tremänningarna från Gräddö klev fram, soldat Stark. Han var som namnet antydde en av de starkaste i hela gruppen och en van roddare. Han klev i båten och Dalen kom efter. Med våldsam kraft började Gräddöpojken arbeta sig fram med de tunga årorna och båten forsade fram genom det stilla vattnet.

Nästan samtidigt såg jag en blåklädd grenadjär vid våra förhuggningar. Jag ropade så högt jag kunde:

- Ryssar i skogen.
- Soldater, var vaksamma, ropade Fritzen.

Soldaten försvann lika snabbt som han hade dykt upp. Kanske var det korta besöket vid förhuggningarna en föraning om en ny anstormning. Kanske var det en vilsekommen spanare. Fritzen skickade iväg två tremänningar på spaning söderut för att ta reda på hur långt von Essens manskap hade avancerat. Det var ett svårt uppdrag som de nog gärna hade avstått från. I väntan på deras rapport kontrollerade vi alla vapen och såg till att laddningarna var som de skulle. Vi flyttade med stor möda två 24-pundare och riktade dem in mot skogen. Fritzen trodde att ryssarna knappast skulle våga sig på en ny framstöt från sjösidan, i alla fall inte förrän vår postering hade röjts undan. Jag trodde att han hade alldeles rätt. Vi lät ändå en 24-pundare stå kvar med sin mynning mot Fladen. Erik kom fram till mig.

- Hur är det med dig, Björnen?
- Det är bra.
- Är det säkert?
- Ja, jag säger ju det.
- Håll dig till mig om vi blir anfallna på nära håll med musköter och värjor. Du kommer ju inte att ha nån musköt med bajonett själv om det blir närstrid. Och jag har hittat den här piken åt dig som du i alla fall kan stöta med.
- Jag vet inte hur jag ska handskas med den.

Den såg ut som ett träspjut med en vass spets av järn och var ungefär en aln längre än mig. Jag ville först inte ta i den. Det blev så påtagligt vad man kunde göra med den.

- Den är inte svårare att hantera än en högaffel. Men jag hoppas du slipper. Jag vill i alla fall inte att du ska stå helt utan vapen om du ställs mot en ryss som har en bajonett på sin musköt.
- Tack men jag hoppas jag slipper använda den.
- Det gör jag med. Som sagt.

Erik gick tillbaka till sin plats vid värnet. Jag hade fått något nytt att tänka på. Jag hade aldrig kunnat föreställa mig att jag skulle kunna stå öga mot öga inför en beväpnad ryss. Men så kunde det kanske bli. Tänk om sörmlänningarna kom för sent. Om ryssarna vågade anfalla oss med en större styrka än förra gången så skulle vi nog inte kunna hindra grenadjärerna från att nå oss med sina handgranater. Och kanske några kunde ta sig in i värnet. Och de skulle i så fall följas av fler. Om det ville sig riktigt illa så skulle ryssarna kunna samordna en sådan attack med ett anfall från sjön. Hur bra vi än sköt skulle vi inte räcka till i så fall. Men vilka ryska soldater skulle våga sig på sådana anfall efter att ha sett hur illa det hade gått för deras kamrater?

I nästa ögonblick hörde vi en rejäl skottsalva. Det lät som musköter som avfyrades samlat. Sedan kom ett svar i form av spridda skott. Samtidigt kom våra spanare springande.

- Nu är von Essen framme. Han har ställt upp sig mot ryssen. En bit in i skogen.
- Och Fuchs, frågade Fritzen.
- Vi vet inte när han kommer. Vi kunde inte se nån trupp nära vårt värn.

Vi kunde inte göra mer än att vänta. Det verkade dröja längre och längre mellan skottsalvorna. Jag anade att det var lika ont om ammunition hos den sörmländska bataljonen som hos oss. I så fall var det kanske en taktik att inte skjuta så ofta. Det kunde inte dröja så länge innan det blev alldeles mörkt. Skymningen hade börjat lägga sig över Stäket och snart skulle man inte kunna se vart man sköt.

Då hördes ett svagt men taktfast ljud. Först blev jag rädd innan jag förstod att det var de svenska trummorna. Det måste betyda att ett annat regemente var på väg. Ljudet stegrades och kom allt närmare. Min hud knottrade sig. Det var en efterlängtad marschmusik. Vi hade hört att alla trumslagare som fanns runt Stäket skulle falla in i rytmen och det gjorde att ljudet blev imponerande. Allt detta fick oss att känna oss mycket bättre till mods. Jag gissar att sörmlänningarna kände samma sak. Och att ryssarna förlorade lite av sitt mod.

Så hörde vi att några var på väg mot oss. Det var Dalen som kom tillbaka med en adjutant. Denne bar på en liten säck.

- Pojkar! Fuchs har svårigheter.
- Är han äntligen på väg, undrade Fritzen.
- Ja, jag har fört honom fram på den slingriga stig. Men det är risk att ryssen kan mellan honom och oss frambryta. Jag behöver alla muskötskyttar.

Alla med musköt samlades kring Dalen som började binda vita bindlar runt deras vänstra överarmar. Det var dessa bindlar som hade utgjort innehållet i adjutantens säck.

- Det blir snart dunkelt och då kan vi med den bindel lättare varandra se.

Dalen hade ingen armbindel själv men hans vita bandage över pannan skulle lysa tillräckligt starkt i halvmörkret.

- Håll er nära mig. Vi går på ett led. Och inga skott avlossa om jag inte så säger. Avmarsch!

Den lilla gruppen på runt tjugofem personer försvann runt förhuggningarna och in i skogen. Och vi andra var nu helt utan muskötstöd. Nu var det nickehakar och kanoner som gällde om det skulle komma ett nytt angrepp. Och stick- och huggvapen om ryssarna kom nära inpå oss. Jag kände mig tacksam mot Erik som hade sett till att jag skulle ha den här piken. Jag kramade om den med min högra hand.

Stämningen hade blivit skrämmande på ett nytt sätt efter Dalens avmarsch med muskötskyttarna. Då och då kom det som skurar av skott utan att man kunde vara säker på vilken sida det var som sköt. Och brandröken stack i näsa och ögon. Det blev allt mörkare och jag tänkte att det måste bli ett uppehåll i striden snart. I allra bästa fall var den över nu, åtminstone för idag. Skotten tycktes ha upphört. Det var nog omöjligt att sikta på någon i detta mörker.

Erik var en av de första som kom tillbaka och Dalen var strax bakom. Erik kom fram och kramade om mig. Jag var så glad att se honom oskadd.

- Lystring, tremänningar. Ryssen har åter med den svans mellan benen smitit. Sörmlänningarna har tappert stridit. Dessvärre har några dött och några sårade blir nu om hand tagna. Många ryssar ligger död i skogen. Deras kamrater har kropparna där dom föll lämnat. Alla tremänningar har livhanken klarat men några har skador fått och dom är nu på väg till sjukvårdare i huvudlägret. Jag tror att ingen behöver till båtarna föras.
- Vad gäller för natten, undrade Fritzen.
- Sörmlands bataljoner har sig till Skutviken söder om Stäkesund för vila tillbakadragit. Vi håller oss här kvar och fortsätter att vakt hålla. Också under natten. Man kan aldrig veta vad den lömske ryssen tar sig för. Vi har spanare som ryssarnas rörelser följer. Just nu ser det ändock ut som om dom sig bestämt har för att sig anfallet mot Stäket avbryta.

21

Vi ställde ut fyra vakter, en som spanade ut mot vattnet och tre som bevakade landområdet i tre olika väderstreck. Dalen hade bestämt att vi skulle ha timslånga pass igen för att vi skulle orka vara tillräckligt uppmärksamma. Jag hade fått mig tilldelat ett pass i andra omgången. Det var bra. Då skulle jag kunna få en lång sammanhängande vila. Jag trodde att jag skulle få svårt att somna efter denna dag. Kanske jag ändå skulle kunna slumra till en kort stund.

Luften var fortfarande ljummen. Röken irriterade i ögon och hals men jag hade börjat vänja mig vid den efter de här förfärliga dagarna. Någon hade tänt en brasa på vår vanliga eldningsplats. Jag undrade om det var så klokt. Det skulle ju göra att vi var väl synliga om man ville skjuta mot oss. Dalen tyckte i alla fall inte att det gjorde något. Han var säker på att ryssarna hade dragit sig tillbaka till stranden där de hade landstigit. Han gick runt och verkade nästan upprymd. Han sade ett vänligt ord till alla som han mötte. Han hade kvar sitt bandage runt huvudet. Blodet i ansiktet hade torkat och såg brunaktigt ut i eldskenet. Det var ingen tvekan om att han var nöjd med hur striden hade utvecklats. Kanske hade han varit mer orolig än han hade visat. Det hade ju inte varit meningen från början att vi skulle vara den grupp som tog emot de ryska attackerna. Vi var bara ett hopskrap från två tremänningsregementen, till stor del ett urval av tredje rangens soldater. De flesta av oss hade inte heller fått någon egentlig militär utbildning. Det var få som hade tidigare erfarenheter av att vara i strid. Det var också uppenbart att den ryska armén hade många gånger fler soldater. För Dalen hade striderna utgjort ett avgörande prov på hans förmåga att skapa en tillräckligt bra plan för att hindra ryssarnas framfart. Och för hans förmåga att se till att dessa befästningar kom till stånd. Om vi hade misslyckats skulle skulden till stor del ha lagts på honom.

Vi fick höra att överstelöjtnant von Essen hade blivit allvarligt sårad. Detta budskap var ledsamt och gjorde särskilt ont eftersom han var den som hade lyckats föra sin bataljon snabbast till slagfältet. Hade han varit lika långsam som regementschefen Rutger Fuchs med sin bataljon så hade kanske vår befästning blivit erövrad av ryssarna. Och alla som hade överlevt kunde ha blivit tillfångatagna. Överstelöjtnanten hade redan förts till fartyget Svarta Björn som var vårt fältsjukhus. Han fick antagligen behandling av en av fältskärerna[14] ombord just nu. Vi fick också höra att tre plutoner från Södermanlands regemente höll på att spåra sårade och dödade. Det var ett mycket svårt arbete i mörker och i svårtillgänglig terräng. Jag kunde också föreställa mig att många var rädda för att bli skjutna. I en av plutonerna var soldaterna beväpnade med musköter för att kunna skydda sina kamrater i händelse av sena ryska attacker. Sjukvårdarna i de två andra plutonerna hade med sig bårar och dessutom brännvin som smärtlindring. Vi såg ibland hur det glimmade till genom träden av deras facklor.

Tankarna snurrade runt i huvudet hela tiden. Skulle ryssarna försöka ge sig på oss igen i natt? Skulle de komma tillbaka i morgon bitti med en större styrka? Skulle vi bli tvungna att ta första stöten då också? Och minnesbilder från dagen dök upp gång på gång. Jag såg framför mig hur ryssar kämpade i vattnet för att komma upp på en båt. Jag såg hur ryska kroppar ryckte till när de träffades av kulor. Och jag såg vad som hände när vi hade fått in fullträffarna med vår nickehake. Och jag hörde

---

[14] Fältskär var en beteckning för en militärkirurg.

skrik av smärta och panik. Det gick inte att få stopp på detta flöde. Jag såg att Erik hade satt sig vid elden och jag gick ner till honom.

- Kom, Björnen, och slå dig ner bredvid mig. Hur är det?
- Inte så bra.

Jag satte mig bredvid honom. Han försökte lugna mig så gott han kunde.

- Det är över nu.
- Är du säker på det?
- Ja, jag hörde Dalen säga det nyss. Han är säker på att ryssarna har dragit sig tillbaka och att dom har fått nog av svenskar.
- Men tänk om dom kommer tillbaka i morgon.
- Det trodde Dalen inte heller. Nu är alla regementen på plats. Västmanlänningarna hördes ju rejält med sina trummor och Dalkarlarna kom tydligen strax därefter. Och hela Södermanlands är ju här nu.
- Men varför är det vi som ska vara kvar här och vakta? Vi kunde väl ha blivit avlösta.
- Jag håller med dig. Vi är arméns styvbarn.
- Vad menar du med det?
- Vi kommer alltid i andra hand. Vi får inte tillräckligt med vapen, få har uniformer och vi får sällan äta oss mätta.
- Men det är ju vi som har gjort det mesta här.
- Ja det är just det. Och vår grupp har dessutom fått den mest utsatta platsen. Men jag tror att det finns en och annan officer av högre slag som kommer att ta åt sig äran.
- Tyst. Furiren kommer där borta.

- Äh, han tycker som vi. Det gör alla här. Men det är inte så många som pratar om det.

Vi fick en ny sändning med mat från trossen. Det var ovanligt att vi fick mat så här sent på kvällen. Det var korvar och bröd igen. Det var i alla fall bättre än bara bröd. Den här gången hade de skickat med brännvin också. Det tydde på att även militärledningen trodde att en ny attack under natten var osannolik. Jag tog ändå inget nu. Jag ville vara så alert som möjligt när jag skulle gå vakt. Och jag var inte hungrig.

Samtalen kring elden var lågmälda. Det var som om alla ville att vi skulle höras så lite som möjligt. Dalen hade lämnat oss. Han var antagligen och fick sina sår omsedda. Han brukade också sova i huvudlägret. Några soldater hade gått och lagt sig i tälten.

När det var min tur att gå på fick jag vakten ut mot Stäket. Jag försökte spana ut mot vattnet men jag kunde inte urskilja några detaljer. Den båt som vi hade skadat först hade sjunkit. Jag kunde i alla fall inte urskilja några rester som stack upp ovanför vattnet. Jag kunde inte heller se något av den galär som varit på väg att sjunka tidigare idag. Men det var så mörkt att det var svårt att vara säker. Jag kunde urskilja att det var lite ljusare när jag tittade in mot Stäkesund. Det var nog skenet från eldarna.

Minnesbilderna från dagens strider kom tillbaka. De hade hållit sig undan när jag satt och pratade med Erik. Det var mycket obehagligt. Jag såg gång på gång en av de soldater som jag hade träffat med nickehaken. Han hade flugit upp i luften och huvudet hängde ner på ett onaturligt sätt. Och jag hörde skriken. Jag längtade till att mitt pass skulle ta slut så att jag kunde ta lite brännvin. Det skulle kanske hjälpa.

Den här timmen gick långsamt. Jag trodde att vi hade fått vakta för länge när vi äntligen fick avlösning. Jag hade ingen lust att ta ett bad i kväll. Jag kände att jag måste vara alldeles stilla för att inte gå sönder. Och så ville jag att bilderna i huvudet skulle försvinna. Jag tog en mugg och hällde upp tills den var halvfylld. Jag tyckte fortfarande att brännvin smakade illa men jag hade vant mig vid att det gjorde mig gott att dricka. Den här gången drack jag utan att blanda i vatten. Jag satt med de andra kring elden en stund tills jag hade druckit ur. Sedan gick jag och lade mig med både kläder och skor på. Vi skulle vara beredda på allt även om ingen trodde att något skulle kunna hända. Det hängde inte riktigt ihop.

Två andra låg redan inne i tältet men ingen av dem verkade ha somnat. De var i alla fall tysta och inte heller jag ville prata. Det hade blivit som en outtalad överenskommelse att vi inte skulle prata i tältet. Jag märkte hur brännvinet började verka. Bilderna blev inte lika påträngande och jag kunde ta befälet över mina tankar. Jag tänkte på Mor och mina syskon. Jag hade hört många berättelser om bränder och plundringar men ingen hade haft något att berätta om Penningby. Jag hade frågat några som varit i trakterna men det verkade som om just Penningby hörde till de områden som hade klarat sig bra. Kanske bodde de kvar hos Mors morbror. Jag undrade om de hade tillräckligt att äta. Mest orolig var jag för Mor eftersom jag visste att hon inte åt så länge hennes barn inte hade fått tillräckligt. Jag menar tillräckligt för att kunna hanka sig fram. Inte tillräckligt för att bli mätta. På något sätt lyckades jag somna till sist. Då hade alla redan gått och lagt sig.

22

När jag vaknade var det ljust i tältet. Jag kände mig tung i huvudet. Det var nog mer den oroliga sömnen än brännvinet som var orsaken. Under de korta stunder som jag hade hade lyckats sova hade jag plågats av drömmar med bilder av skadade kroppar och av skrik. Jag såg att alla de andra var uppe redan. Jag reste mig försiktigt och märkte att det gjorde ont på nya ställen i kroppen. Jag tog mig hukande ut ur tältet. Det var åter en underbar sommarmorgon med sol och en svag bris. Det kunde ha varit en fin morgon för att segla ut till Kudoxa och fiska om jag hade varit hemma. Röklukten fanns kvar. Det var som om den hade ätit sig in inte bara i kläder och hår utan till och med i själva huden. Det var nästan helt tyst. Spöklikt tyst. Några soldater satt och åt frukost redan. När jag kom ner till stranden upptäckte jag att Erik satt på en sten och tittade ut mot vattnet.

- God morgon Erik.
- God morgon, Björnen. Har du sovit nåt i natt?
- Inte mycket. Och du?
- Åjovars. Kunde ha varit bättre.
- Har du hört nåt om ryssarna?
- Ja. Jag pratade med ett par spanare som hade varit ute så snart dagsljuset gjorde det möjligt. Och det verkar som om ryssarna håller sig vid stranden mot Baggensfjärden. Några ryska patruller var ute och letade efter döda kroppar. Men annars var det ingen militär aktivitet. Inget som talade för att dom planerar en ny attack.
- Jag vill inte vara med om nån mer strid. Jag orkar inte det.

- Det gör du säkert om det skulle behövas. Men jag tror inte det blir nåt mer.
- Tror du att vi får ge oss av hemåt i så fall?

Om jag hade haft ett hem, tänkte jag för mig själv. Just nu visste jag faktiskt inte vad som var mitt hem. Åkerö där jag hade vuxit upp. Penningby där Mor och syskonen antagligen bodde nu. Eller ingenstans.

- Jag är säker på att dom upplöser våra tremännings-regementen på en gång och låter bönderna där hemma ta över ansvaret för oss. Det finns inga pengar kvar. Ingen mat. Ingenting.

Samtalet avbröts av ett ilsket svärande på tysk-svenska. Det var von Dahlheim som hade kommit tillbaka.

- Verdammte överbefälhavare. Konung Karl hade sig skämmit.

Vi ansträngde oss för att höra vad som hade gjort honom så upprörd. Han hade ställt sig att prata med en löjtnant och ett par meniga som stod bredvid.

- Jag berättade min plan. Vi kunde hela Fällström avspärra. Och ryssen i Baggensfjärden fånga. Det skulle mycket lätt vara. Och vi skulle efter det inga svårigheter mer med ryssarna ha.
- Varför sa överbefälhavaren nej till denna utmärkta plan, undrade löjtnanten.
- Man kan inte tro att det sant är. Men den överbefälhavare har sagt att idag är böndag. Böndag! Kriget bryr sig inte om det. Ryssen bryr sig inte alls.
- Överbefälhavaren vill väl inte nedkalla Guds straff för att vi bryter böndagens frid.

- Men löjtnant. Tror ni själv därpå? Att Gud oss bestraffa skulle för att vi vårt land försvara måste.
- Förlåt. Det var inte så jag menade.
- Det är rena vansinnet!

Dalen var rasande och gick fram och tillbaka på vår läger-plats, hela tiden svärande och pratande för sig själv. Det var tur att ingen av de höga officerarna kom och hörde honom kritisera överbefälhavarens beslut. Bland oss tremänningar skulle däremot ingen kunna tänka sig att ange Dalen för hans raseriutbrott som ju ytterst var riktat mot överbefälhavaren, det vill säga Drottning Ulrika Eleonoras make, prins Fredrik av Hessen-Kassel.

Det här med böndag var inget som vi brukade bry oss om hemma på Rådmansö. Far hade lärt mig att det var kungarna som bestämde att vi skulle ha fyra dagar varje år för "bot och tacksägelse". Jag hade svårt att förstå vad det egentligen betydde. Dessutom var det märkligt att de alltid skulle hållas på just fredagar. Och jag höll med Dalen. Det var svårt att förstå att vår överbefälhavare satte böndagen framför att försvara vårt land.

Dalen hade, i alla fall för tillfället, försvunnit från vårt läger. Bocken såg vi inte till. Kanske var han kvar på galärerna. Vi ägnade oss åt att se över våra vapen och se till att alla var laddade. Vi fortsatte också att hålla vakt på samma sätt, det vill säga med fyra man som avlöstes en gång i timmen. Jag hade en ny omgång under förmiddagen och det var skönt att ha en uppgift i alla fall. Det höll rastlösheten borta. Jag spanade hela tiden mot Stäkets inlopp från Baggensfjärden men jag upptäckte inget anmärkningsvärt. Inte heller såg jag några rester av gårdagens strider. Det var lugnt och stilla, nästan olycksbådande stilla tycktes det mig, tills en av dem som spanade in mot våra förhuggningar ropade till.

- Ryssar i träden.

Hjärtat började bulta på en gång. Vi sprang alla in bakom värnet för att söka skydd inför den kommande attacken. Jag tog plats vid min nickehake och skyttarna ställde upp sig med sina musköter. Det visade sig vara två soldater i blå uniform som tog hand om en död kropp.

- Låt dom hållas, ropade löjtnanten. Låt oss visa barmhärtighet.

Det var klokt sagt tyckte jag. Det var som ett skådespel när de stackars soldaterna klättrade över förhuggningarna och försökte frigöra kroppen som hade fastnat ordentligt i våra skarphuggna grenar. Det tog dem flera minuter att få loss den och ännu längre tid att få den med sig tillbaka in i den skyddande skogen. Vi stod kvar en bra stund i värnet efter det att männen försvunnit.

Brandröken blev gradvis värre och värre vilket förstärkte min föraning av förestående fara. Röklukten fick i alla fall en naturlig förklaring när två spanare återvände från en snabb rekognoseringstur. De hade sett att den största delen av den ryska flottan hade lämnat Skogsö och istället ankrat upp utanför Ingarö. Och där hade de satt eld på ön. Kanske var vår strid alltså på väg att ta slut även om ytterligare ett antal skärgårdsbor skulle plågas av härjningar. Jag tänkte på Mor och mina småsyskon och hoppades att ryssen skulle stanna i den södra skärgården innan han lämnade svenska farvatten.

När jag blev avlöst sökte jag upp Erik. Han hade en hel del att berätta. Det viktigaste var nog att Södermanlands regemente

131

hade dragit sig tillbaka till sin tidigare lägerplats vid Skarpa äng. Det var en nyhet vars betydelse var svårtolkad. Å ena sidan var det glädjande eftersom det måste betyda att ledningen bedömde att det inte fanns några aktuella hot. Å andra sidan hade det känts tryggare om detta regemente, som vi hade kämpat gemensamt med, fanns kvar i vår närhet. Det hade varit plågsamt att vänta på att de skulle komma igår och inte veta om de skulle hinna i tid. Det var märkligt att inte vi kunde bli avlösta. Både Västmanlands regemente och Dalregementet fanns väl kvar och ingen av dem hade hunnit delta i gårdagens strider. Och jag undrade hur vår framtid skulle se ut. Skulle vi upplösas eller skulle vi kastas in i nya uppgifter som hade med rysshärjningarna att göra?

En präst kom från huvudlägret och ville leda en bönestund med oss tremänningar. Dalen avvisade honom utan en sekunds tvekan.

- Det pågår krig här. Var god att inte störa.

Prästen försökte övertyga Dalen om varför det var viktigt att be till Gud i just en sådan situation. Jag var orolig att Dalen skulle brusa upp och ställa till ett gräl med den vänlige prästen. Det gjorde han inte. Han var överraskande tålmodig men mycket bestämd. Prästen fick lomma iväg tillbaka med oförrättat ärende.

Till andra frukost blev det bara bröd och öl. Jag hade trott att vi skulle få ordentligt med mat efter våra prövningar igår, särskilt som vi fortfarande var i full stridsberedskap. Men det blev tvärtom. Stämningen var låg. Dalen hade försvunnit igen och vi undrade vad som var på gång. Röken plågade oss mer idag än tidigare, kanske för att vi inte hade något att göra. Jag passade på att ta mig ner till vattnet för att tvätta mig och svalka av mig. Det var lika varmt i vattnet som vanligt men badet blev ändå inte samma sköna upplevelse som det brukade vara. Jag avstod från att simma och skyndade mig på. Jag hade i alla fall fått av mig gammal intorkad svett och kanske lite inpyrda rökrester.

Eftermiddagen blev lika enformig. Dalen dök upp utan att säga något. Han gick runt och inspekterade vårt läger. Han verkade fortfarande vara på dåligt humör. Jag kunde tänka mig att hans planer på att anfalla ryssarna på själva böndagen och hans avvisande av prästen hade lett till att han hade blivit ifrågasatt av militärledningen. Han verkade också vara en person som levde upp när han mötte utmaningar. Att bara gå sysslolös och höra på andra officerares utläggningar om striderna och de egna bedrifterna var kanske mer påfrestande för honom än själva stridsupplevelserna. Han försvann igen utan att jag hade lagt märke till när han gick.

Till middagen fick vi i alla fall några korvar till brödet. Brännvin fanns det gott om i kväll och det bjöds runt friskt. Det var som om vår vaksamhet tonade bort utan att någon hade givit order om att läget var ändrat. Bocken var fortfarande borta och Fritzen hade befälsrollen. Han drog ner vaktantalet till två och tyckte att vi kunde gå över till tvåtimmarspass.

Stämningen steg i samma takt som brännvinet gick åt. Stridsminnen delades vid kvällselden och det kändes för första gången de här dagarna rätt skönt. Erik och jag satt i utkanten och lyssnade mest på vad de andra hade att berätta.

- Nå, Björnen. Vad tänker du göra nu?
- Jag vet inte. Tror du att det är slut nu?

- Jag kan inte tänka mig nåt annat. Det är bara ett besked från ledningen som saknas. I morgon är vi fria att göra vad vi vill.
- Vad kommer du att göra om det blir så?
- Jag kommer att ta mig tillbaka till Vagnhärad så fort jag kan. Jag ska se till mina föräldrar och syskon tänkte jag.
- Har du ingen egen familj?

Det slog mig att det var konstigt att jag visste så lite om honom och hans liv innan militärlivet. Jag visste bara att han hade varit tremänning i drygt ett år.

- Det där med familj är en krånglig historia. Den får vi ta en annan gång. Men om mina föräldrar och syskon har det bra så ger jag mig nog ut och letar efter ett arbete inåt landet. Det kommer inte att vara lätt att få tag i nåt där ryssarna har härjat. Där finns inga hus, inga skördar, inga djur, inga redskap. Folk som har bott där har säkert nog med att försöka klara sig själva. Och du själv?
- Jag får väl se om jag kan hitta Mor och mina syskon. Sen får det bli vad det blir.

Det blev inte mer pratat än så. Jag undrade vad Erik hade menat med att det var en krånglig historia med familj. Kanske hade han haft en familj men förlorat den på något sätt. Och kanske jag hade varit lite istället för hans familj här vid Stäket. I alla fall hade han varit som en far för mig.

23

Många sov länge denna morgon och dagen flöt fram långsammare än kall sirap. Det var en oerhörd skillnad jämfört med all uppståndelse och dramatik under striderna i förrgår. Sent på förmiddagen kom Dalen tillbaka. Han kallade oss omgående till samling.

- Tremänningar, lystring. Vårt uppdrag är till slut fört. Överbefälhavaren har beslutat att alla tremänningar från Knapens hål tillbakadraga. Inga ryssar finns längre på Skogsö kvar. Också övriga trupper kommer gradvis förflyttade att bli. Tyvärr fortsätter ryssarna att bränder i Stockholms skärgård anlägga. Men mot det tänker överbefälhavaren ingenting att göra. I alla fall ingenting som oss berör.

Dalen gjorde ett kort uppehåll i sitt anförande. Det blev ett mummel bland oss tremänningar. Vi hade vågat våra liv och slitit i över en månad med tungt arbete för att rädda huvudstaden. Och nu var det ingen som ville försöka rädda det som fanns kvar av våra öar och kuster. Vi fick inte ens försöka själva. Dalens planer på att stänga in ryssarna hade avvisats. Han fortsatte:

- Jag vill er alla gratulera till det som ni åstadkommit har. Historien kommer era insatser att högt värdera. Ni har haft en avgörande betydelse för att vår huvudstad idag inte invaderad är. Vi hade kunnat stå här och röken från bränder i Stockholm sett om inte ni er så utomordentligt skött hade. Jag vet också att ni sämre förutsättningar än andra regementen haft. Ni kommer för alltid att som hjältarna vid Stäket bli komna ihåg.

- Översten har största delen i detta själv, ropade en av soldaterna från Gräddö. Tack, överste.

Då hände det något märkligt. Vi började klappa händerna. Jag vet inte hur det började och hur länge det höll på.

- Tack, pojkar. Våra vägar kommer nu att skiljas. Vår grupp kommer att upplöst bli och ni får till era regementen återgå. Era ordinarie regementschefer kommer er att samla för genomgång av dom närmaste planerna. Ni upplänningar kan kvarstanna så får ni strax mera veta. Ni från Östergötland och Södermanland ska innan middagen vid den huvud-läger samlas. Alla tält ska nedtagna göras och av respektive regemente omhandtas. Trossen kommer tillse att all utrustning som finns här ihopsamlad blir. Vapnen kommer ni tillsvidare behålla. Nu tar jag er farväl.

Dalen gick därefter runt till oss alla och tog oss i hand. Det tog sin tid för han sade också några ord till var och en. När han kom till mig stannade han och tittade på mig.

- Jag hade från början tänkt att en så här ung pojke borde hemmavid ha blivit och inte ut i kriget farit. Men sen har jag mig vår hjältekonung erinrat. Han var blott femton år när han den befäl övertog. Jag är övertygad därom att han dina insatser lika mycket som jag uppskattat skulle. Och din fader som blev samma dag som konungen dödad. Du är en utmärkt skytt. Det märks att din fader har dig lärt hur man en musköt hantera ska. Jag hoppas att du i vår armé förbliva ska och att du ett eget soldattorp övertaga kan och en familj bilda.

Han såg rörd ut och jag märkte hur mina ögon blev fuktiga. Jag undrade om han skulle omfamna mig men det blev bara ett handslag. Och vilket handslag. Det var som att skaka hand med ett skruvstäd. Sedan gick han vidare till näste man. Och efter att ha tagit alla i hand ställde han sig med ansiktet mot oss och gjorde honnör. Till sist vände han elegant helt om och gav sig iväg med en soldat som följeslagare.

Vi stod alla tysta och såg på varandra. Det var ett stort ögonblick som färgades av så många olika känslor. Stoltheten hade fått blomma under Dalens tal och handskakningar. Sorgen smög sig fram eftersom vi insåg att vi nu skulle skiljas inte bara från Dalen utan också från kamrater som kommit att stå oss nära. För mig gällde det framför allt Erik. Alla var säkert lättade över att striderna var över. Och över att vi fortfarande var vid liv och att de flesta av oss hade undgått krigsskador. I alla fall yttre. Många var både bittra och besvikna över att vår skärgård och våra kuster hade lämnats utan skydd och att detta fortfarande pågick utan att slutet kunde anas. En del kände säkert längtan. Efter familjen, efter en älskad, efter vänner. I mitt fall var längtan blandad med ett inre krav att jag måste se till att Mor och mina syskon hade det bra. När det gällde Kerstin var min längtan missfärgad av ovisshet och sorg.

Det blev inte mycket sagt när vi började arbetet med att avveckla vårt läger. Vi fällde våra tält som Dalen hade sagt och hjälpte till att samla allt material så att trossen skulle kunna föra det vidare. Erik kom fram till mig.

- Björnen, ta väl vara på dig. Måtte du finna din mor och dina syskon vid god hälsa. Och måtte du få ett gott liv.

- Tack detsamma. Jag menar att du också får ett gott liv. Och tack för att du hjälpt mig så många gånger. Jag vet inte hur det skulle ha gått annars.
- Tack själv för sällskapet. Jag skulle uppskatta om vi kunde ses i framtiden men jag vet inte riktigt hur det skulle kunna ske. Men om du kommer till Vagnhärad så fråga efter mig. Det finns säkert många som vet vart jag har tagit vägen. Även om jag inte vet det själv just nu.

Han skrattade så där varmt och gott som så många gånger förr. Åh vad jag skulle sakna honom. När vi omfamnade varandra kunde jag inte hålla emot när tårarna trängde på. Han vände sig om och började gå med sina regementskamrater mot Stäkesund. Kanske skulle jag aldrig se honom igen.

Det var lika varmt som tidigare och jag arbetade med bar överkropp. Jag hade tvättat skjortan idag när jag förstod att vi skulle lämna Knapens hål. Mor skulle nog inte ha sagt att jag hade tvättat den men jag hade i alla fall sköljt den i vatten. Skjortan hade varit stel och missfärgad av svett. Jag hade hängt den i solen på en buske för att torka och det hade gått fort. Jag hade samlat ihop mina få ägodelar och lagt dem i ränseln. Jag hade också passat på att ta extra bröd vid frukosten och packat ner. Jag var redo att bryta upp.

Westerlund satt för sig själv under ett träd. Det såg ut som om han blundade och jag gick fram för att se om han sov. Han och jag hade inte pratats vid efter striderna. När jag kom fram till honom tittade han upp.

- Är det inte Björnen som kommer?
- Sitter du här och sover?

- Nej, jag sitter och funderar. Jag är så förbannad för att det svenska försvaret inte bryr sig om alla. I alla fall inte oss kustbor och skärgårdsbor.
- Det eldas fortfarande har jag förstått.
- Det är bara att känna på lukten. Dra till pockers!
- Inte kan man väl ta sig hem genom skärgården nu?
- Nej, men jag kan inte tro att det kan ta många dar innan ryssen har eldat upp allt som återstår av skärgården. Det mesta har han ju redan hunnit med.
- Vad har du för planer? Samma som förut?
- Just det, pojk. Jag ska söka upp nån från Rådmansö eller öarna utanför. Jag vet att flera ligger och väntar i Mälaren med sina båtar. Så fort det blir klart kommer dom att ge sig av. Och många längtar efter att få fiska. Både för att dom är hungriga och för att dom vill tjäna lite pengar. Man får nog bra betalt nu.
- Finns det verkligen folk som har pengar idag?
- Inte såna som du och jag. Men i huvudstaden finns det många slantar undanstoppade. Och många längtar efter fisk.
- Jag följer gärna med. Jag är van att ro.
- Det vet jag. Och jag med. Så jag tror inte det ska vara några problem att följa med. Jag har hört att det finns en krog i Stockholm där många av dom brukar sitta. "Blå Örn" heter den. Ligger mitt i staden. Nära den där hamngatan som vi marscherade på. Skeppsbron tror jag den hette.
- Då får vi höra vad översten har att säga.
- Just så, pojk. Nu ska jag fortsätta att ligga här och vara förbannad ett tag till.

Översten, ja. Jag visste inte ens vad han hette. För mig var han den förste överste som jag träffat på och jag hade ingen aning om att jag skulle träffa på flera när jag mötte honom första gången i Frötuna. Han var fortfarande "översten" för mig.

När jag gick runt och tittade på resterna av lägret var värnet det enda som var oförändrat. Det hade hållit. Egentligen hade det inte utsatts för något riktigt allvarligt angrepp. Det hade bara varit ryska muskötskott som lätt hade fångats upp. Vår nickehake stod kvar på sin gamla plats liksom de andra kanonerna. De skulle tas om hand av andra. Jag gick också förbi latringropen som vi hade grävt. Den hade nästan blivit helt fylld av avföring efter alla våra besök på den smäckra stock som vi hade gjort fast vid två trädstammar. Det skulle kanske bli det mest påtagliga vi lämnade efter oss. Ett ovanligt minnesmärke tänkte jag. Dalen hade kallat oss hjältar. Vi var kanske förtjänta av ett mer värdigt monument. Jag log för mig själv.

Att bygga förhuggningar hade varit en av Dalens bästa idéer. Det verkade som om ryssarna hade blivit överraskade av att inte kunna ta sig fram på ett enklare sätt. Kanske hade de aldrig hört talas om eller ens kunnat fantisera om sådana djävulska hinder. Jag såg några blå tygrester här och där efter ryska unifomer. Det var många som hade fått sätta livet till bland dessa avhuggna stammar och vässade grenspetsar. Och förhuggningarna hade hindrat grenadjärerna från att komma så nära att deras handgranater skulle bli farliga.

Jag märkte att mina kamrater började samlas och jag började gå mot den allt större gruppen. Det visade sig att översten hade kommit. Han såg samlad och bister ut. Strax efter att jag hade ställt mig i den halvcirkel som bildats började han tala.

- Tremänningar, lystring. Är alle man här?

- Vi tror det, sade Stark från Gräddö. Är det nån som fattas?

Ingen kunde komma på en enda person som saknades. Nästan alla som varit här från början fanns på plats. Några hade försvunnit på vägen hit, som Eskil som inte orkade med marschen. Jag hade ingen aning om var han befann sig nu och hur det var med honom. Två tremänningar hade dödats. En var skadad och vårdades på Svarta Björn. Ingen av dessa tre hörde till vårt regemente. Vi hade också hört att betydligt fler från Södermanlands regemente hade fått sätta livet till. Och att några vårdades på Svarta Björn för skador.

- Gott. Då börjar vi mötet. Först och främst vill jag tacka er för att ni har hedrat regementet Upplands tremänningar till fot. Tillsammans med era kamrater från Östergötland och Södermanland har ni skrivit in vårt regementes namn i historiens böcker. Det är en stor ära för mig att vara dess befälhavare. Jag beklagar att jag har haft andra uppgifter under striderna och att jag därför inte kunnat bistå er här. Men jag har förstått att överste von Dahlheim stått för en utomordentlig ledning. Jag kan också förmedla att våra högsta befälhavare är mycket nöjda med era insatser. Jag har glädjen att berätta att Hennes Majestät Drottningen har beslutat att avsätta 1 000 daler silvermynt till dom tappra sörmlänningarna i von Essens bataljon. Det skulle förvåna mig om inte motsvarande, eller högre, belöning kommer att tilldelas vårt regemente.

Westerlund hade smugit sig fram bakom mig och knackade mig i ryggen med ena handens knogar. Han viskade i mitt högra öra:

- Det skulle inte förvåna mig.

Reaktionen bland övriga tremänningar var nog som Westerlunds. Varför skulle en drottning som inte kunnat ge oss tillräckligt med vapen, uniformer och mat vilja ge oss 1 000 daler. Det verkade helt osannolikt. Jag undrade om ens översten trodde på det. Han fortsatte i alla fall sitt tal.

- Som överste von Dahlheim redan har framfört är er uppgift här nu avslutad. Jag har därför fattat beslut om att er del av regementet omgående hemförlovas. Precis som den del som tjänstgjort vid Stäkesund. Dom som har tjänstgjort på fartygen kommer att vara kvar ännu en tid men snart kommer även dom att hemförlovas. Jag hoppas att ni kommer att motta detta beslut med glädje. Snart kommer ni att vara förenade med era familjer igen. Och nästa gång vi ses kommer kanske att vara hemma på någon av våra övningsplatser.

Det syntes inga glada miner. Beskedet var väntat men många hade nog hoppats att vi skulle få någon form av ersättning. Hittills hade vi ju inte ens fått det vi hade blivit utlovade från början. Stark från Gräddö klev fram. Genom sin kroppsstyrka och sitt lugna och bestämda sätt hade han fått ett outtalat förtroende att företräda oss alla.

- Tack, överste. Vi har alla haft det fattigt så vi är glada att få höra att ersättning förmodas komma. Vi önskar dock redan innan vår hemfärd utbetalning av det som redan utlovats oss. Vi kommer hem till svält, fattigdom och härjade hembyar. Vi behöver nåt att börja om med.

Det blev alldeles tyst i halvcirkeln. Stark hade givit uttryckt för precis det vi alla tänkte. Översten svarade, utan att se Stark i ögonen.

- Jag är den förste att förstå er. Och jag är den förste att beklaga att jag inte har fått tillgång till de medel som rätteligen skulle ha utdelats till er. Jag kan bara lova att jag kommer att göra allt som står i min makt för att se till att dessa pengar snarast kommer er till del. Liksom de daler som jag är övertygad om kommer som ett mer påtagligt tack för att ni med stor möda och utmärkt skicklighet försvarat vår huvudstad.

Stark märkte nog att han hade allas stöd i detta läge så han fortsatte att föra vår talan.

- Tack, överste, för er inställning. Men vi är i nöd och vi behöver mer än tack.
- Soldat Stark, jag är verkligen ledsen att jag inte kan ge er annat än ord. Jag skulle vilja vara mer personlig och säga att jag skäms. Jag är uppvuxen i Roslagen precis som ni och jag har lidit av att se skärgården skövlas. Och jag lider när jag ser att ni har det svårt och att jag inte kan göra mer för att hjälpa er. Detta så mycket mer som ni har gjort avgörande insatser för ert fosterland. Insatser som dessutom varit långt utöver vad ni har rekryterats för.

Översten verkade uppriktig. Och det stod klart för mig och andra att han egentligen var hjälplös. Han skulle aldrig kunna utverka några pengar för oss. Om det blev någon utbetalning så skulle den gå till dem som hade bäst förmåga att tala för sig och som stod närmast de högsta befälhavarna. Stark fortsatte ändå.

- Nåväl, överste. Vi är glada och stolta över att ha fått tjäna vårt fosterland även om vi sörjer att vi inte har fått försvara våra hembygder. Tillåt mig att ställa en sista fråga. Hur ska vi nu ta oss hem? Och vilken hjälp får vi inför denna färd?

- Jag ser ingen annan möjlighet än att marschera hem. Det kommer inte att vara nån ordnad marsch. Ingen tross kommer att följa er. Denna del av regementet upplöses som sagt. Det betyder att samma gäller som när ni tar er till våra övningar. Var och en får söka sitt eget sätt. Jag ska försöka utverka att var och en av er kan få rejält med mat inför den förestående marschen. I så fall kan denna utdelas tidigast i morgon på förmiddan. Fler frågor?

Det var inga goda besked men ingen hade nog väntat sig något annat. Stark hade redan ställt de frågor som behövdes och ingen annan ville yttra sig.

- Gott, tremänningar. Återigen vill jag framföra mitt erkännande av era enastående och hjältemodiga insatser. Och mitt och försvarsmaktens stora tack. Och jag önskar er en god färd till hemmet. Jag ser fram emot att vi ses vid kommande övningar.

24

Det var dags att söka upp Westerlund. Jag hade varit bort-skämd med Erik som hade tagit hand om mig som om jag var hans son. Med Westerlund skulle det bli annorlunda, det hade jag förstått på en gång. Han bemötte mig mer som en jämlike, trots att han tydligen hade känt Far. Det var enklare än med Erik och tryggt ändå, fast på ett för mig nytt sätt.

Vi åt alla en sista middag tillsammans vid det snart övergivna lägret. Man hade förbarmat sig över oss och ordnat så att vi fick fläskgryta. Till den serverades stora mängder öl och brännvin. Jag avstod från brännvinet men drack mig otörstig på öl. Jag njöt av att få äta så mycket jag ville. Det var inte många gånger det här året som jag hade ätit mig riktigt mätt. Efter middagen tyckte jag att Westerlund och jag skulle gå runt till alla och säga farväl. Han tyckte det var onödigt men lät sig övertalas. Efter denna avskedsceremoni började vi vår vandring. Det var fortfarande varmt även om den värsta hettan hade lagt sig. Till att börja med var vi flera som gick ihop. Det var svårt att gå i bredd eftersom naturen var så kuperad och vildvuxen. Vi kom ganska snabbt fram till huvudlägret. Också där var det uppbrott i luften. Sörm-länningarna hade ju redan lämnat och lägret gav ett rörigt intryck. Westerlund och jag hade ingen anledning att stanna till så vi fortsatte på en gång utmed Lännerstasundet. Nu var det bara han och jag.

Vi hade båda ränsel på ryggen men armarna var fria. Jag hade övervägt om jag skulle ta med mig min pik men jag bestämde mig för att den skulle vara till mer besvär än nytta. Westerlund hade aldrig haft något vapen och hade inte heller något annat att bära. Vi sökte oss en bit från vattnet för att finna en enklare väg att vandra. Solen visade oss åt vilket håll vi skulle gå. Jag visste att Stockholm låg åt väster. När det började skymma hittade vi en lada som verkade övergiven. Vi hade tur att hitta lite hö därinne och kunde göra oss var sitt skönt underlag för nattsömnen.

Vi hade inte utbytt många ord under vandringen. Nu satt vi där i mörkret i vår lada. Vi visste inte exakt var vi befann oss men Westerlund var säker på att vi var på rätt väg.

- Jag tror bestämt att vi kan komma tidigt till Stockholm i morgon. Det är nog bara fyra fjärdingsvägar till att gå. Kanske lite mer. Och jag är säker på att jag kommer att hitta vägen.

Det kändes viktigt att säga något nu när han själv tog initiativ till att prata.

- Det är ändå skönt att vara borta från striden.
- Ja, visst är det så. Jag hade aldrig tänkt att jag skulle bli soldat. Det är ju så man tänker när ens far har dött i kriget. Så har du kanske också tänkt?
- Det har jag. Hade det inte varit för Pekka så hade jag varit med min familj nu.
- Ja, den där förbannade Pekka. Jag tänkte att jag skulle vara med och rädda skärgården från ryssarna. För det var många som trodde att dom skulle komma. Jag har ju ingen familj så ingen skulle sakna mig om jag strök med i kriget.

Det lät så sorgligt när han sade det sista. Jag visste inte vad jag skulle svara. Eller om jag skulle säga något överhuvudtaget. Jag anade att han inte tyckte om att bli ömkad så jag förblev tyst.

- Och nu är vi många som är förbannade för att det svenska försvaret inte ens har försökt att rädda vår skärgård. Alla krigsfartyg som vi har fått vara med och bekosta har legat stilla i Vaxholms trygghet.

Han blev tyst ett ögonblick men fortsatte sedan utan att jag hade sagt något.

- Men jag kan inte säga att jag ångrar att jag blev tremänning. Jag hade skämts om jag inte hade försökt att dra mitt strå till stacken. Men nu får det vara nog. Jag kommer att begära avsked.
- Har du hört nåt om din stuga finns kvar?
- Nej, det har jag inte. Men jag har hört att ryssen inte har bränt så mycket på Rådmansö. I alla fall inte i första omgången. Nu har han ju fått öppen dörr till att fortsätta om han har lust. Och jag fruktar att han kommer tillbaka till där han började. Och det är ju nästan där jag bor.
- Vad tänker du göra om stugan är nedbränd?
- Jag ordnar en rejäl koja för vintern. Kanske som en liten stuga. Det är inga problem. Jag vet hur jag ska hålla mig varm. Och fisk kommer jag att ha gott av. Så svälta behöver jag inte. Och kanske jag kan byta till mig nåt med fisken. För pengar är det väl ingen som har. Och vad tänker du göra själv?
- Jag vill söka upp Mor och mina syskon. Sen vet jag inte riktigt vad jag ska göra. Jag klarar mig väl på nåt sätt.

Det var dagens längsta samtal. Efter det förblev vi tysta och somnade snart. När jag vaknade visste jag först inte var jag hade hamnat. När jag kom på det undrade jag vart Westerlund hade tagit vägen. Jag kunde inte se honom. Han hade väl inte lämnat mig här? Jag blev orolig och gick ut för att leta efter honom. Jag upptäckte honom direkt. Han satt på en sten i morgonsolen och såg ut att äta något.

- God morgon, pojk. Kom ut så ska du få blåbär.

Han hade plockat en liten korg full med blåbär och räckte fram den mot mig. Jag tog med glädje emot erbjudandet och satte mig bredvid honom på gräset.

- Den här korgen har jag flätat själv. Jag har tänkt ut modellen själv också. Den går att fälla ihop så att man kan ha den i en ränsel.

Det var en finurlig man det här. Just en sådan som man skulle vilja ha med om man skulle hamna på en öde ö. Det var underbart att äta blåbär. Frukt och bär hade vi knappt sett till under den tid som vi hade varit vid Stäket.

- Det finns mer att hämta där uppe.
- Kan vi inte plocka lite mer och ta med oss?
- Gärna det. Men jag har redan plockat en hel del.

Han tog fram en liten påse av tyg som var full av blåbär.

- Den här räcker en bra stund.

Vi gick tillsammans upp mot den skogsklädda kulle där han hade gjort sina fynd. Det fanns mycket bär och vi satte oss ner för att fortsätta vår frukost. Detta var den bästa morgonen på länge. När vi var nöjda, och dessutom plockat med ytterligare bär i en annan påse, gick vi tillbaka till ladan. Vi såg inte till några människor och det var alldeles tyst så när som på två skator som grälade på varandra.

Vi gick utan avbrott under flera timmar och kom fram till en höjd där jag kände igen mig. När vi kommit upp på den hade vi en fantastisk utsikt över Stockholm.

- Där ligger staden som vi har försvarat med våra liv som insats, sade Westerlund.
- Vad vackert det är.
- Ja det är en fin utsikt härifrån. Nu kan vi se hur vi ska gå för att komma fram.

Höjden var en utmärkt rastplats. Vi hade druckit mycket från våra läglar under vår vandring men vi hade också lyckats fylla på med med färskt vatten hos en bonde. Vi drack nu igen och passade på att äta bröd. Det var det enda vi hade fått med oss att äta.

- Det blir som jag trodde. Vi kommer att sitta på Blå Örn i kväll och dricka öl.
- Jag har inga pengar.
- Jag har sparat några slantar. Jag har dom i ränseln. Jag bjuder i kväll. Och så hoppas jag att vi kan hitta en trevlig skeppare som kan ta med oss norrut.

Vi var båda på gott humör. Vi fortsatte att gå på en stig som ledde oss utmed höjden och som erbjöd vacker utsikt hela tiden. Det började dyka upp hus på båda sidor av stigen som mer och mer fick karaktären av en väg. Nu var vi i Stockholms ytterområden och vi följde en brant väg som ledde ner mot Drottning Kristinas sluss.

- Här innanför på Mälaren ligger det säkert några skärgårdsskutor och väntar på bättre tider. Vi kanske kan hitta en som ska ta sig igenom slussen här.

Det vore ett äventyr att berätta om ifall vi kunde komma med båt genom slussen. Men nu passerade vi anläggningen utan att stanna till. Westerlund hade bråttom till Blå Örn.

25

Detta var alltså Skeppsbron, den vackra hamngata där vi hade marscherat mot Stäket för en månad sedan. Eller försökt få det att se ut som om vi marscherade. Det var söndag idag och folk verkade hålla sig hemma. Westerlund visste bara att krogen skulle ligga någonstans nära Skeppsbron. Vi gick ner till skutorna som låg förtöjda i hamnen för att försöka få tag på någon att fråga. Där hittade vi en en man som var sysselsatt med att rulla ihop rep på sin båt.

- Goddag, sjöman. Får vi fråga dig en sak?
- Om jag får fråga först. Vilka är ni?
- Jag är Efraim Westerlund från Gräddö. Och det här är Björnen från Åkerö.
- Och vad gör ni här?
- Vi är på väg hem. Vi är tremänningar som har slagit tillbaka ryssen vid Stäket.
- Ni ser inte ut som om ni vore soldater.
- Vår armé har inte haft pengar att utrusta oss. Och inte våra bönder heller.
- Nej, det är sant. Vi är ett utarmat folk. Men kom ombord så får jag bjuda på en sup. Det är väl det minsta man kan göra för dom som har besegrat ryssen. Jag heter förresten Hans Gustavsson. Och jag är från Torö.

Vi steg ombord och slog oss ner på en toft. Gustavsson var tydligen ensam på båten. I alla fall var det ingen annan där nu. Han ställde fram tre muggar och hällde upp brännvin från en kutting som han hämtade från akterruffen.

- Skål för alla er tappra soldater som har räddat vår huvudstad!

Det var inte svårt att dricka med i en sådan skål. Vi blev noggrant förhörda om var vi hade varit och vilka strider vi hade varit indragna i. Westerlund pratade på som jag aldrig hade hört förr. Det var en märkvärdig upplevelse att sitta bredvid och lyssna. Det var som att lyssna på en saga. Jag hade svårt att förstå att jag hade varit med i de händelser som han beskrev. Han berättade mycket ingående om vårt skytte med nickehaken och han var generös med att ge mig äran för de lyckade skotten.

- För tusende pocker! Men tar dom inte hand om er nu? Jag menar efter att ni har fått ryssarna att dra sig undan.
- Nej, svarade Westerlund. Det finns ingen plats för oss nu.
- Fick ni några pengar i alla fall?
- Inte den minsta slant. Det är tomt i rikets fickor. Trots att man har tömt medborgarnas så många gånger.
- Och inte kan dom skydda skärgården heller. Ryssarna har bränt det mesta där ute om jag ska tro vad jag har hört. Vi hade egentligen tänkt söka skydd i Mälaren men Drottningslussen var trasig så jag har blivit kvar här. Men nu undrar jag vad det var som förde er till mig.
- Vi är på väg hem och tänkte att vi skulle kunna få plats på en båt mot norra skärgården, sade Westerlund. Vi är båda starka roddare. Jag har fått höra att många skärgårdsbor som flytt hit med sina båtar går till Blå Örn på kvällen. Så jag ville fråga om du vet var den ligger.
- Det är nära men jag tror inte att ens dom har öppet på en söndagkväll. Men jag känner en skeppare som väntar på att gå norrut. Jag tror han är från Gräskö.
- Det är ju våra trakter. Vad heter han?

- Österman. Folke Österman.
- Jaså Folke. Honom känner jag. Vi har fiskat ihop ute vid Gillöga några gånger.
- Så mycket bättre. Han ligger bara ett par skutor bort. Jag kan hämta honom.
- Gör dig inget mer besvär för vår del. Vi kan söka upp honom själva.
- Det är snabbt gjort för mig. Vänta här så ska jag hämta honom.

Så satt vi där ensamma, på en främmande båt vid Skeppsbron i Stockholm. Westerlund log lite. Det var inte ofta jag hade sett det.

- Du ska se att det börjar gå åt rätt håll för oss nu.

Det vore verkligen skönt att ta sig med båt till Rådmansö. Jag hade ingen lust att gå hela vägen tillbaka. Efter en kort stund kom Hans Gustavsson tillbaka.

- Han är ensam på båten och han vågar inte gå därifrån. Han är orolig att nån ska komma och stjäla nåt för honom. Han är lite tvär gubben, men han har ett gott hjärta. Jag sa bara att det var två som ville ta sig till Rådmansö med båt. Resten får ni berätta själva.
- Du ska ha stort tack. Hur hittar vi hans båt?
- Det är bara att fortsätta norrut en liten bit så ligger hon där. Elvira står det i aktern men hon ligger med fören inåt. Men Folke kommer att stå på däck så ni kan inte ta miste. Och förresten är det nog en av dom få skärgårdsbåtarna som har två master.

När vi kom fram till Folke Östermans båt stod han i fören och välkomnade oss. Det var något bekant med hans ansikte men jag kunde inte komma på vad det var.

- Nej men är det inte Efraim som kommer smygande. Vad förskaffar mig den äran? Är det du som vill ro till Rådmansö?
- Folke, tänk att få träffa dig här i Stockholm.
- Är det din pojk?
- Nej, det är Erik Larssons pojk. Erik från Åkerö.
- Han som blev skjuten i Norge?
- Ja, det är hans far. Pojken heter Lars Eriksson men alla kallar honom Björnen.
- Goddag på dig, Lars. Jag heter Folke Österman. Vill du att jag ska säga Lars eller Björnen?
- Det går bra vilket som.
- Då säger jag Björnen. Det hade nog din far gillat. Jag tyckte mycket om honom. Han var en hederlig man. Och händig med det mesta. Det var för sorgligt att han skulle dödas i det där meningslösa kriget. Tvi för Karl XII. Tio gånger tvi.
- Björnen är en krigshjälte. Han och jag skötte en nickehake som fällde många ryssar och skrämde bort ännu fler.
- Vi har hört att ni slängde ryssen i Baggen. Det var styvt gjort. Äntligen nån som satte emot. Jag blir så förbannad när jag tänker på alla krigsskepp som har legat och vilat i det trygga Vaxholm medan ryssarna bränt upp allt vi har i skärgården.
- Ja, och igår blev vårt regemente hemförlovat. Nu är Björnen och jag på väg mot Rådmansö. Och så fick vi höra att du låg här och väntade på att få ge dig av mot Gräskö.
- Jag har väntat sen i mitten av juli. Gumman och barnen är hos släktingar i Rimbo. Vi var tvungna att fly hals över huvud när ryssen kom till Kapellskär den elfte juli. Vi satte oss i roddbåten alla fyra och jag rodde in mot Åkeröviken. Där ligger båten kvar i en

vassdunge. Hoppas jag. Sen tog vi oss till Rimbo. Det var en resa det med ska jag säga.

Nu kom jag på det. Det var ju mannen som jag hade seglat förbi mellan Gräskö och Ålandet när jag tog mig hem från Söderarm. Jag mindes tydligt att det hade varit en kvinna och två barn på båten också.

- Jag tror att vi har setts förut. Det var lite norr om Gräskö. Vi rodde båda två mot Åkeröviken.
- Var det du? Jag minns att det var en pojke som frågade om han kunde hjälpa till. Sånt glömmer man inte.
- Ja det var jag.
- Ja men då kan du väl få hjälpa till nu istället. För gubben Efraim orkar väl inte så mycket. Inte med det namnet.

De andra två skrattade, Österman mest.

- Nåja, sade Efraim. Jag kan väl peka på grunden i alla fall. Kommer du ihåg när jag fick loss dig från Barskärsgrynnorna?

Det skämtet tyckte inte Österman var lika roligt. Det var bara Efraim som skrattade.

- Jaja. Det var då det. Men nu har jag legat en månad och väntat på att ryssen ska tröttna på att elda. Och snart finns det väl inget brännbart kvar.
- Hur fick du hit båten?
- Mina två stora pojkar fick segla hit den. Jag hade på känn att nåt var på gång. Man hör ju ett och annat. Och kan lägga ihop två och två. Så dom var här en vecka innan ryssen kom till Kapellskär. Nu är dom också med den övriga familjen. Min svåger har en stor gård i Rimbo och där finns plats för oss alla.

- Har du hört nåt från dom?
- Min äldsta son har varit här ett par dar. Han vandrade fram och tillbaka. Dom klarar sig. Inte mer. Men jag tänkte åka ut och se vad som finns kvar av vårt torp på Gräskö. Och sen ska jag ta mig till Rimbo på nåt sätt.
- Men varför har ni inte tagit in båten i Mälaren?
- Den där Drottningslussen har inte varit öppen så många dar. Alltid är det nåt fel på den. Det har varit tal om att det ska byggas en ny. Men nu finns det väl inga pengar så det lär dröja. Vi var där ett par gånger och försökte komma igenom men det var så många som köade varje gång så vi gav upp. Jag tyckte att jag skulle ligga ganska tryggt här i alla fall. Och så blev jag orolig att jag inte skulle kunna ta mig tillbaka ut i Östersjön när det var så mycket svårigheter med slussen.
- Men då far vi gärna med dig. När det blir fritt från ryssar. Och det ska nog inte dröja länge.
- Det ska bli fint att få sällskap. Det blir lite ensamt här.

26

Vi flyttade in hos Folke Österman på en gång. Flytta är kanske fel ord för vi hade ju nästan inga saker, bara våra ränslar. Och det var tur för det fanns inte mycket utrymme i den låga ruffen som låg längst akterut. Men det fanns i alla fall tre fasta kojer som låg som ett U där inne. Österman hade den längsta kojen som låg längst akterut och sträckte sig tvärs över båten. Westerlund och jag kunde ta varsin av de andra kojerna, som var både lite kortare och smalare.

Westerlund lade sig på styrbordssidan så babordskojen blev min. Den var kanske två fot bred och det låg en yllefilt ovanpå trästommen. Så bekvämt hade jag inte legat på länge. Hemma hade jag ju sovit i ladan eller utomhus när Pekka flyttat in. Och som soldat hade jag fått ligga på grankvistar och hö.

Det fanns en del mat att köpa i Stockholm om man hade pengar. Och det hade Folke. Han hade tydligen seglat över Östersjön med skinn och fått bra betalt. Vi kunde bara erbjuda våra arbetsinsatser. Jag bidrog också med att ta upp en hel del fisk, mest abborrar, som vi stekte på kaminens häll.

Den nittonde augusti på kvällen fick vi höra att ryssarna hade lämnat Stockholms skärgård och att de var på väg ut på Ålands hav. En svensk spaningspatrull hade följt ryssarnas rörelser under morgonen. Deras rapport hade nått Stockholm sent på eftermiddagen efter att en kurir fört med sig budskapet från spanarna genom en snabb ritt från Norrtälje. Precis som vi hade fruktat hade ryssarna fortsatt att härja och elda bland de öar som klarat sig tidigare.

Ryktet hade spritt sig vidare i hamnen. Vi märkte att det hade blivit mycket aktivitet på båtarna runt omkring oss. Det var många som låg och väntade på att få ge sig av.

- Jag litar inte så mycket på det militära men dom här rapporterna verkar trovärdiga, sade Österman.
- Det tror jag också, sade Westerlund.
- Jag vill komma iväg så snabbt som möjligt. Om vi inte hör nåt annat i kväll eller i morgon bitti så ger vi oss av i morgon. Jag längtar efter att få träffa min familj.
- Jag håller med, sade Westerlund. Nån gång måste det ju ta slut.
- För den här gången ja. Men jag tror att ryssen kommer att göra det här till en tradition. Hin må veta varför våra förhandlare inte har kunnat komma fram till en fredsuppgörelse. Dom tror säkert att Sverige fortfarande är en stormakt.
- Jag tycker vi går till Blå Örn nu och hör vad andra har att säga.
- Jag tänkte just säga samma sak.

Min uppgift blev att stanna kvar och vakta båten. Jag hade inget emot det. Det hade kommit att bli min huvuduppgift utan att det hade blivit uttalat. Jag trivdes med att vara ensam. Jag brukade fiska eller bara sitta och titta på alla människor som gick förbi på Skeppsbron. I kväll var det många samtal som surrade i luften. Folk verkade också röra sig snabbare än förut. Det var som om en förbannelse hade hävts.

Efter två timmar kom Österman och Westerlund tillbaka. Stegen var lite ostadiga. Som väntat var det Österman som stod för rapporten.

- Det stämmer det som vi har hört. En man som var där hade till och med talat med kuriren efter att han hade lämnat sin rapport till ledningen. Hela ryska armadan var på väg ut mot Åland i morse. Och nu har jag bestämt mig. Vi lämnar Stockholm i morgon. Låt oss hoppas på västlig eller sydlig vind. Annars litar jag på mina starka roddare.

Det var alltså sant. Det kändes som om någonting inne i mig släppte sitt grepp. Jag började tänka framåt. På Mor och mina syskon. På Åkerö och torpet. Medan de andra fortsatte att fira de glada nyheterna med mer brännvin nere i kajutan satt jag och planerade mina närmaste dagar. Jag måste bestämma mig för var jag skulle hoppa av. Jag ville stå för min del av uppgörelsen med Österman och vara kvar så länge som möjligt på båten. Så även om jag längtade till Mor och barnen så ville jag inte hoppa av nära Penningby. Antingen kunde jag be att få bli avlämnad vid Åkeröviken eller också följa med ända till Gräskö och kanske hjälpa till där först. Jag skulle säkert hitta något sätt att ta mig tillbaka till fastlandet. Vädret och omständigheterna skulle få avgöra. Och Österman skulle få sista ordet.

Nästa morgon vaknade jag tidigt och väntade på att de andra skulle börja röra på sig. Det var Österman som steg upp först. Han såg att jag var vaken.

- Nu ska jag gå ut och höra mig för bland dom andra skepparna. För säkerhets skull. Du kan väl göra i ordning frukosten. Om allt verkar vara som igår så ger vi oss av så snabbt vi kan.
- Det ska jag göra.

Nu borde det vara dags att väcka Westerlund. Han hade en otrolig förmåga att kunna sova vad som än pågick runt omkring honom. Jag ryckte försiktigt i hans ena arm. Det räckte för att väcka honom den här gången.

- Har det hänt nåt, Björnen?
- Österman har gett sig iväg för att söka nyheter. Om inget nytt har hänt så vill han bryta upp efter frukost.
- Jag hoppas verkligen att det blir så. Nu vill jag hem till Rävsnäs.

Det dröjde inte länge förrän Österman var tillbaka. Han verkade vara på gott humör.

- Det ser bra ut. Det hade kommit en kurir till igår kväll. Han kunde bekräfta att dom ryska galärerna var halvvägs mot Åland. Det är full fart på många av båtarna runt omkring oss. Nu äter vi snabbt och sen ger vi oss av.

Det var redan dukat med bröd, smör och ost. Jag hade till och med hunnit hämta färskt vatten så att det skulle räcka för ett par dagars båtfärd. Vi satte oss att äta utan att säga något till varandra. Efter frukosten fick jag plocka undan allt medan Österman och Westerlund förberedde seglen som hade legat nerstuvade under Elviras långa väntan vid kajen. Det var osäkert om vi skulle få användning för dem men allt skulle vara förberett.

Elvira var en mellanstor båt om tjugo alnar från för till akter. Hon hade två gaffelriggade master och på den främre kunde man också sätta ett försegel. Jag hade sett att vinden var ostlig nu på morgonen Det var den vanliga sjöbrisen som innebar att vi skulle bli tvungna att ro, i alla fall till en början. Om vi hade tur skulle vinden kunna vrida under dagen.

Österman sade åt mig att ta hand om förtöjningarna på kajen och lägga loss. Vi drog oss ut mot det ankare som hade hållit Elvira på plats i många veckor. Nu var det dags för Westerlund och mig att börja ro. Vi var tre båtar som gick ut nästan samtidigt. Det gick långsamt i motvinden. Det slog mig att det var länge sedan jag hade rott. Men jag märkte att jag hade blivit starkare i armarna av allt arbete med befästningarna vid Stäket.

Westerlund och jag höll en jämn och stadig takt. Även om vi inte hade rott ihop förut så var vi vana att samarbeta med varandra. Det verkade också som om vi var ungefär lika starka vilket gjorde att det blev lättare för oss att hålla en stabil kurs. Vi drog ifrån de andra två båtarna och gled förbi ett stort sund på styrbordssidan där jag satt.

- Där har du Skurusundet på din sida, sade Westerlund till mig.

Det var en bred öppning till ett ganska smalt sund med höga stränder. Sundet verkade gå i nord-sydlig riktning.

- Om man girar österut när sundet tar slut så kommer man in på Lännerstasundet, fortsatte Westerlund. Och du minns säkert att vårt huvudläger låg längst bort i det sundet.
- Aha. Så vi har kommit ända dit. Vad är det för båt som ligger där?
- Det är Svarta Björn.
- Den ser ju ut som ett krigsfartyg. Jag trodde att Svarta Björn var vårt fältsjukhus.
- Den är både och. Den skulle vara nästa utpost i försvaret av Stockholm. Om ryssen hade kommit förbi oss. Och då hade han fått sig en rejäl kanonad att tampas med här.

Österman hade suttit tyst länge men nu vände han sig till mig.

- Det är bra, Björnen. Nu har ni rott oss ända till Danmark. Elvira är en snabb båt. Det har jag ju sagt. Och ni är duktiga roddare.

Jag förstod ingenting. Vad menade han? Vi kunde ju inte ha kommit till Danmark. Försökte han driva med mig. Trodde han att jag inte visste var Danmark låg.

- Du ser ut som om du har tappat hakan i durken, pojk. Det är ön som du ser där borta som heter Danmark.

Westerlund skrattade gott trots att han hade hört detta skämt många gånger. Det roliga var tydligen att se hur någon reagerade som inte kände till det hela.

- Men varför ska man döpa en ö utanför Stockholm till Danmark?
- Ja du, sade Österman. Det kan man undra. Min far berättade för mig att det kommer från den tiden då Kristian tyrann och dansken härjade i trakterna. Du har väl hört om Stockholms blodbad?
- Jag tror det.

Jag var inte riktigt säker men jag ville inte verka barnslig.

- Då ska i alla fall danskarna ha tagit den här ön i besittning. Det var ju för nästan precis tvåhundra år sen. Det var förra gången som ett annat land hotade Stockholm. Den gången blev den grymme Kristian kung i Sverige. Den här gången slipper vi tsar Peter på tronen. Det är tack vare er.

Alla minnen från striderna började smyga sig över mig igen. I vanliga fall var det bara på nätterna som jag såg bilder av sårade och döende framför mig. Men nu strömmade bilderna igenom huvudet och det gick inte att få stopp på dem. Jag blev yr i huvudet och kunde inte ro ordentligt längre. Jag fick för mig att jag skulle tappa åran.

- Hur är det fatt, Björnen, undrade Westerlund som lät sin åra vara stilla ovanför vattenytan.
- Jag mår inte bra.
- Är det striderna som kommer tillbaka?
- Jag tror det.

Österman vände sig till mig.

- Ställ dig här vid rodret ett tag. Jag tar över din åra. Det är djupt här omkring. Du kan följa den där roddbåten som ros av en ensam roddare. Han är säkert på väg mot Vaxholm.
- Jag vet inte. Jag tror nog jag kan fortsätta.
- Gör som jag säger nu.

Han föste mig åt sidan och tog min åra. Jag ställde mig vid rodret och försökte se på allt vackert som fanns runt omkring mig. Det var en fantastisk sommarmorgon idag igen. Solen hade nu stigit högt på himlen men tack vare den milda sjöbrisen fick vi ändå svalka. Jag kan inte säga att jag njöt men yrseln och obehaget tynade sakta bort.

När vi hade kommit till Vaxholms fästning återtog jag min åra. Det var imponerande att se alla svenska krigsfartyg som låg samlade här. Österman berättade för mig vilka olika typer av skepp som ingick i denna del av den svenska flottan. De mäktigaste var linjeskeppen. De hade tre master och såg ut som stora flytande hus. Det som såg ut som husvåningar var däck med kanoner. Linjeskeppen kunde enligt Österman ha två eller flera sådana däck. Jag hade aldrig sett så stora fartyg förut. Något mindre var fregatterna. De hade också tre master men bara ett däck med kanoner. En tredje sort kallades brigantiner. De hade två master och var mycket eleganta. De hade färre kanoner.

För oss var det märkligt att glida förbi alla dessa skepp som låg här och väntade på att få bli använda. Vi hade behövt deras hjälp, både i skärgården och utanför Stäket. När vi hade passerat Vaxholm kom vi ut på en liten fjärd. Jag spanade ut mot öster där ytterligare en fjärd öppnade sig. Jag fruktade fortfarande att ryska båtar skulle dyka upp. Men jag såg bara två roddbåtar. Det såg ut som om vinden höll på att mojna. Österman tog till orda efter att vi alla hade varit tysta ett bra tag.

- Jag tror att det är vindkantring på gång. Sjöbrisen håller nog på att klinga av redan. Låt oss hoppas att det blåser på från syd. Då kan vi sätta segel.

Det blev nästan alldeles stilla och det gick lite lättare att ro. Så kom det en första vindpust från söder. Snart hade vi en mild sydlig bris.

- Nu pojkar sätter vi segel. Sen kan vi ta oss ett rejält mål mat.

Vi fortsatte ro medan Österman satte focken. Det märktes direkt att Elviras fart ökade lite grann. När alla segel var uppe gled hon fram betydligt snabbare än när vi hade rott. Det var skönt att slippa åran även om jag hade varit beredd att ro oss hela vägen till Gräskö. Jag märkte hur hungrig jag var. Österman plockade fram salt sill, bröd och öl. Det blev en härlig måltid i behaglig vind. Eftermiddagssolen värmde oss i ryggen och framför oss hade vi Husaröleden. Jag hade seglat igenom den en gång med Far och dess norra del kände jag väl till. Den skulle leda oss mot nordost och mot Gräskö. Vi skulle inte kunna nå ända dit idag men väl i morgon.

När vi hade ätit oss mätta friskade vinden i ordentligt och Elvira började glida fram allt snabbare. Vi skulle nog kunna ta oss upp till Yxlan innan det blev mörkt. Nattsegling var ingen av oss intresserad av. Det kändes tryggt att segla i denna gamla skärgårdsled med Ljusterö på styrbordssidan som ett skydd mot Östersjön. Och mot ryssar. Just när jag hade tänkt den tanken såg jag den första brända gården på Ljusterö. Det var vid Mörtsunda och när vi hade kommit en bit till såg jag att flera gårdar hade drabbats. Det låg fortfarande en röklukt över området men jag såg inga öppna eldar. De andra hade sett samma sak. Westerlund bröt tystnaden.

- Här har ryssen gått fram på väg hem. Skam få honom!
- Titta där, på andra sidan, sade Österman.

Där låg ett par märkliga små byggnader som bestod av stenblock som var staplade på varandra. De liknade kojor. Österman berättade att de var ryssugnar. Det var tydligen i dessa som ryssarna lagade till sin mat. Den som de hade stulit från våra gårdar och torp.

Det var en kuslig känsla att segla fram genom det delvis sönderbrända skärgårdslandskapet. Vi fortsatte mellan Gråholmen och Långholmen och fick då se att en av områdets mest välkända byggnader var förstörd. Östanå slott hade bränts ner. Endast en flygel fanns kvar.

När vi hade lämnat Ljusterö bakom oss tog Yxlan vid som vårt skydd mot öster. Vinden var fortfarande sydlig till sydvästlig men hade minskat i styrka. Jag hade trott att vi skulle kunna övernatta någonstans i närheten av Vagnsunda på södra Yxlan men när vi kom dit upptäckte vi att ryssen hade varit framme där också. Det gjorde att vi förlorade lusten att övernatta där. Dessutom ville Österman komma så nära hemmet på Gräskö som möjligt. Och med den fart vi hade nu skulle vi säkert hinna en bra bit upp mot Furusund innan skymningen började falla. När vi närmade oss Högmarsö började solen stå lågt på himlen. Nu var det dags att söka natthamn tyckte Österman.

- Vad säger du, Efraim? Ska vi lägga oss här vid Högmarsö?
- Ja det tycker jag. Om vi går in i den långa viken så kan vi hitta en plats där vi är skyddade för alla vindar.
- Hittar du här?
- Jag har gått här några gånger förr. Det ska gå bra. Vi sätter Björnen i fören. Ungdomen har alltid skarpa ögon.

Vi tog ner bägge storseglen och gled sakta in mot den vik som Westerlund hade föreslagit. Hit verkade ryssarna inte ha kommit. Jag såg inget nedbränt hus och anade ingen röklukt. Jag stod längst förut och spanade. Dagens sista solstrålar gav ett gott ljus och jag hade bra kontroll över eventuella grund som kunde dyka upp. Femtio famnar från det landningsställe som Westerlund pekade ut tog vi ner focken. De andra satte sig vid årorna och jag ledde oss in. Det gick utmärkt. Det var säkert fyra till fem alnar djupt ända till vi kom nära strand-klipporna. Österman hade redan släppt ankaret och jag hoppade iland. Det var ett utmärkt ställe, i lä också för den vind som vi hade haft hela eftermiddagen och kvällen. Vi såg inga andra båtar i viken. Det kändes ödsligt och vi förstod att det var så här det såg ut i stora delar av skärgården nu. Båtarna hade antingen satts i brand av ryssarna eller lagts på en plats där de inte kunde upptäckas.

Vi gjorde i ordning Elvira för natten. Vi arbetade tyst och snabbt. Ingen av oss hade lust att värma mat men Österman hade gott om saltat fläsk i sitt förråd. Vi skar oss tjocka skivor och åt det med bröd. Jag hade redan hunnit bli bortskämd med att kunna äta mig mätt. Brännvinet kom också fram. Så småningom började vi prata om allt som vi hade sett under de sista timmarna.

- Man kan inte förstå hur det är förrän man har sett det, sade Österman. Jag har ju hört så många berätta om all förödelse men det går liksom ändå inte att föreställa sig. Jag hade också trott att den del som vi har passerat hade kommit undan ryssarna. Men det här blev väl deras avsked.
- Skam få ryssen, sade Westerlund. Vad ska folk ta sig till?

Vi fortsatte att prata fram och tillbaka om bränderna. Alla satt vi nog och tänkte på den egna bygden men det ville ingen säga något om. Jag satt i alla fall och tänkte på Åkerö. Även om jag kanske hade förlorat den för alltid så var den fortfarande min hemby.

- I morgon når vi Rådmansö. Hur länge vill ni vara kvar på båten?
- Vi följer dig, sade Westerlund.
- Jag kommer också med till Gräskö. Om du kan lämna av oss nånstans på fastlandet sen.
- Tack, det var hyggligt av er att vilja följa med ut. Jag vet inte alls hur det kommer att se ut där hemma. Det som vi har sett på eftermiddan får mig att tro att det mesta är förstört. Det vore bra att inte vara ensam när jag möter eländet. Och det vore bra att ha hjälp med båten, särskilt om det blåser från fel håll. Då försöker vi komma igång tidigt i morgon. Jag tänker lägga Elvira nånstans på fastlandet och ta mig till Rimbo. Så då kan ni ta er hem därifrån.

27

Som vanligt vaknade jag först och tog mig ur min koj. Jag kröp försiktigt ut för att inte väcka de andra. Det var ännu en av dessa underbara sensommarmorgnar. Vattnet låg stilla och det var alldeles tyst i viken. Utan att tänka på saken spanade jag åt alla håll efter ryssar. Men jag såg ingen. Jag kunde inte heller lukta mig till några spår av brandrök. Jag hoppade i vattnet och njöt av att simma i det friska vattnet. Det var länge sedan sist. Jag hade tagit med mig det lilla som fanns kvar av Mors tvål och lagt på stranden. Jag tvättade mig omsorgsfullt medan jag tänkte på Mor och mina syskon. Jag bestämde mig också för att skölja min skjorta i vatten. Den skulle torka snabbt i solen.

Österman kom först ut av mina färdkamrater. Han tittade förvånat på mig där jag låg och simmade efter tvagningen.

- Har du ramlat i, pojk?
- Nej, jag har bara badat lite och tvättat.
- Trå vale mig om du inte simmar som en mört, din rackare.
- Far lärde mig det.
- Skam få mig som inte kan. Men vilken vacker morgon. Nu ska vi ha en riktig frukost.

Han hoppade iland på klippan och försvann bakom en buske. Jag passade på att gå upp ur vattnet och ta på mig byxorna. Skjortan knöt jag fast vid förmasten. Även Westerlund hade vaknat nu och gav sig av mot en annan buske. Jag hann plocka fram bröd, ost och vatten innan de andra hade kommit tillbaka ombord.

- Idag blir det nog mest rodd, sade Österman. Vi kommer säkert att ha sjöbris idag. Hur är det – orkar ni ro idag också?

Westerlund skrattade.

- Om du visste hur mycket vi fick arbeta varje dag vid Stäket. Att ro är rena barnleken i jämförelse med det.
- Då så. Då lägger vi ut direkt efter frukost.

Och så blev det. Vi åt snabbt. Vi var alla angelägna om att komma iväg så fort som möjligt. Vi ville hem. Och vi fruktade att komma hem.

Det var en svag vind som mötte oss när vi kom ut ur viken och började ro norrut. Det var nog bara tre timmars rodd till Gräskö. Om nu inte motvinden tilltog alltför mycket. Till att börja med såg vi inga spår av bränder. Men när vi kom närmare Furusund och Köpmanholm såg vi flera rester efter ryssarnas framfart. Krogen i Köpmanholm var nedbrunnen och jag kunde se att det fortfarande pyrde lite här och var i resterna av byggnaden. Samma öde hade drabbat krogen i Furusund. Det var obehagligt att se alla dessa spår efter ryssarna. De skapade en hotfull stämning som vilade över oss och när vi kom ut på fjärden spejade vi alla efter ryska båtar. Men rapporterna om den ryska flottans avfärd hade varit riktiga. Antagligen hade ryssarna kommit samma väg som vi för två eller tre dagar sedan. Det blev särskilt påtagligt när vi kände som luktmoln efter deras eldande.

Vi kunde snart se Gräskö som nu låg bara en sjömil bort. Vi märkte att Österman förändrades när vi kom ut ur sundet. Han såg allvarlig, nästan bister ut. Pannan var rynkad och det var inte bara för att han måste kisa mot förmiddagssolen.

Vi hade vinden emot oss hela tiden men den var mild och varm. Att sätta segel var i alla fall inte att tänka på så vi tog Elvira ända fram med våra åror. Vi höll upp stax utanför stranden på sydsidan av Gräskö.

- Där borta låg vårt torp. Och där till höger hade vi vår lada. Och bryggan låg vid den där klippan. Ni kan se att det finns ett par stockar kvar. Dom jävlarna. Allt har dom satt eld på.

Österman ledde oss in till en bra förtöjningsplats och vi lade ut ett ankare. Han hoppade själv iland med förtöjningslinan. Så fort han hade slagit en knop runt en stenbumling gick han upp mot resterna av sitt gamla hem. Vi följde efter men höll oss på avstånd. Jag tror att både Westerlund och jag förstod att han ville vara i fred. Efter tio minuter kom han tillbaka till oss.

- Allt är nedbränt. Och alla redskap är förstörda eller bortförda. Det finns ingenting kvar. Och det pyr lite här och där fortfarande. Det var nog bland det sista dom gjorde innan dom gav sig iväg. Jag hade hoppats att dom skulle lämna detta lilla oskyldiga torp i fred. Jag hörde på Blå Örn att dom inte hade bränt ner så mycket här när dom kom. Men nu har dom tagit igen det som dom inte hann med eller missade förra gången. Till och med våra små magra åkerlappar har dom eldat upp. Satans ryssjävlar. Satans hjältekung!

Han kastade stora stenar från stranden upp mot resterna av sitt gamla torp i ett skummande raseri. Efter ett par minuter satte han sig på en klippa och grät. Vi visste inte vad vi skulle ta oss till. Till sist vågade sig Westerlund fram.

- Du, Folke. Ska vi gå och titta på andra sidan. Och se om granntorpet finns kvar.
- Nej. Jag vill inte se nåt mer. Nu ger vi oss av.

Utan att säga något hoppade han upp i båten och ställde sig vid rodret. Vi behövde inga order. Jag lossade förtöjningen och hoppade ombord. Westerlund tog upp ankaret och vi rodde ut kanske hundra famnar. Österman satt stilla och betraktade resterna av sitt gamla hem. Vi förstod honom så väl. Efter kanske tio minuter försökte Westerlund lirka fram några ord ur honom.

- Folke, nu måste vi snart fortsätta. Vill du att vi ska stanna här en stund till?

Först trodde jag inte att han skulle svara. Efter en stund vände han sig mot oss.

- Nej. Vi ska fortsätta. Vi tar oss in till Rådmansö. Jag tänker lägga Elvira hos släktingar inne i Åkeröviken. Det kommer i alla fall att dröja innan ryssen är tillbaka.
- Då tror jag vi kan sätta segel nu.
- Det blir bra. Var vill du gå iland, Efraim?
- Jag följer med till Åkerö. Sen får jag vandra i lugn och ro hemåt Rävsnäs.
- Då är det avgjort. Vi sätter segel.

Sjöbrisen gav oss god hjälp när vi skulle in mot Rådmansö. Det porlade bakom aktern när vi fått upp seglen. När vi passerade Ålandet såg vi att även det lilla torpet på denna ö hade eldats upp. Österman kände till dessa vatten lika bra som jag och navigerade säkert förbi alla grund. Elvira förde oss snabbt fram till Åkeröfjärdens inlopp. Här blev det smalt och vinden mojnade men vi kunde ändå segla in i fjärden.

Det syntes redan från båten att en av våra granngårdar hade brunnit ner. Vårt torp låg en bit upp i byn och gick inte att se härifrån. Men jag fruktade det värsta. Vi fortsatte ända in i Edsviken där Österman hade sina släktingar. Bryggan till deras gård fanns kvar men inga båtar. Det var en väl skyddad plats. Vi lade oss utmed bryggan och hängde ut avbärare av tågvirke som skydd. Vi tog in alla åror och lösa föremål under däck. Österman hade packat ihop sina saker i en stor ränsel. Han låste om kajutan och vi lämnade Elvira för att gå upp mot själva gårdshuset.

Inget verkade ha eldats upp eller skövlats. Vi gick fram och knackade på dörren. Ingen öppnade och dörren visade sig vara låst. Det verkade som om man hade lämnat gården i hast för en del verktyg och en lie låg på gårdsplanen. Förmodligen hade alla flytt under den senaste härjningsvågen, vars spår vi kunnat följa utmed Yxlan och på Gräskö.

Folke var angelägen om att undersöka om hans roddbåt fanns kvar, den som jag hade sett när jag tog mig hem till Åkerö för att den ryska flottan var på väg mot Kapellskär. Han gick ner mot några tätvuxna albuskar och hittade den direkt. Den verkade inte ha blivit skadad och flöt fint på vattnet.

Sedan började vi gå mot Åkerö by. När vi kom fram såg jag att det mesta fanns kvar. Det verkade som om ryssarna hade nöjt sig med att sätta eld på ett hemman. Hela gården som vårt torp hörde till var intakt. Inte heller åkrarna hade skövlats. Och våra odlingar låg orörda i skuggan av höga lövträd. Rovorna verkade klara att ta upp. Det såg inte ut som om någon hade varit där och ryckt upp plantor. Det var märkligt men kanske hade ryssarna haft bråttom här.

Dörren till vårt torp var olåst. Därinne såg allt ut som det brukade. Det luktade instängt men inget var skadat. Jag undrade vad som skulle hända med det nu. Vi bar ut vårt gamla köksbord till gårdsplanen och ställde ut tre stolar. Det var en märkvärdig känsla att slå sig ner vid detta bord. Österman hade tagit med sig saltat kött, bröd, öl och brännvin. Det hade blivit vår vanliga kost på Elvira.

- Ja, pojkar. Nu lämnar jag Elvira här och försöker ta mig till Rimbo. Jag börjar gå upp mot Södersvik och ser om jag kan träffa på nån som jag känner. I värsta fall får jag väl gå hela vägen. Men jag tror att jag åtminstone hittar nån i Norrtälje som kan skjutsa mig med häst och vagn. Är det nån som vill följa mig?
- Jag går med dig till avtaget mot Gräddö. Där lämnar jag dig.
- Och du då, pojk. Följer du oss andra en bit?

Det här var något som jag hade funderat på under inseglingen från Gräskö. Jag hade kommit fram till att jag ville ta snabbast möjliga väg till Penningby. Och på vägen dit ville jag passera platsen där jag hade försökt gömma vår båt. Om jag hade riktig tur så skulle den finnas kvar.

- Jag tror jag går söderut och tar mig över viken mot Nänninge på nåt sätt. Jag vill komma fram till Mor och mina syskon så snabbt som det bara går. Så jag lämnar er här.
- Jag hoppas vi ses igen, sade Westerlund.

Rösten lät lite raspig. Var han rent av lite rörd? Han var nog inte den kuf som jag hade trott från början. Jag skulle sakna honom.

- Det hoppas jag också.

- Och jag hoppas verkligen att din familj har det bra.

Österman lyfte sin mugg och samlade sig till vad som skulle bli som ett litet avskedstal.

- Mina vänner. Jag tackar er för sällskapet genom skärgården. Vi har delat många dystra upplevelser med varann och vi har nog svåra månader framför oss. Men vi skärgårdsbor ger inte upp. På nåt sätt kommer vi att bygga upp våra liv här igen. På Rådmansö och på öarna utanför. Och till er vill jag också säga tack för att ni stoppade ryssen vid Stäket. Det är skönt att se att det fanns nån som vågade stå upp mot honom.

Vi drack alla tre ur våra brännvinsmuggar. Österman plockade ihop maten och lade den i sin ränsel. Han hade också plockat undan lite åt mig att ha med som matsäck den första dagen. Jag tryckte deras händer och sedan vände de sig om och gick iväg tillsammans på den gamla landsvägen mot norr. Jag stod kvar en bra stund och tittade tills de försvann bakom ett hasselsnår. Därefter gick jag tillbaka till vårt gamla köksbord som stod ute på backen och satte mig på en stol.

28

Det tog emot att resa sig från bordet och lämna mitt gamla hem som jag just hade lyckats komma tillbaka till. Kanske bidrog brännvinet till den trötthet som hade sänkt sig över mig. Jag blundade och försökte se Mor och mina syskon framför mig. Så kände jag något mot min högra axel. Jag vände mig snabbt om, beredd på att behöva slåss. Kanske var det en kosack som smög sig på mig. Men det var bara Uno Söderman. Det var han som hade kommit hem och förklarat att vi var tvungna att flytta från torpet när Far hade blivit dödad.

- Det var värst vad du ryckte till.
- Inte visste jag att det var du.
- Jag såg när ni kom med båten. Och jag mötte Westerlund och Österman på vägen. Dom sa att du kanske var kvar här.
- Jag förbereder mig på att ta mig till Penningby. Jag ska se till Mor. Och Maria och Karl.
- Det är gott att se att du har kommit levande från Stäket.
- Vi klarade oss undan förluster, vi tremänningar från Uppland.
- Jag har hört berättas att du var med och byggde befästningarna vid Stäket. Var du med om själva slaget också?
- Ja det var jag. Det var som flera slag. Vi fick strida både mot soldater från land och från sjön. Men vi stod emot. Och nu är vårt regemente hemförlovat.
- Jag har en idé som jag vill prata med dig om. Pekka som tog över gården är ju försvunnen. Jag antar att du har hört det.
- Ja, jag vet.

- Och vi har ingen efter honom. Så jag tänkte att nu kunde kanske du ta hans plats.

Det var nog det sista jag hade förväntat mig att höra. Jag ville helst lämna militärlivet helt och hållet efter denna förfärliga sommar men jag insåg att Södermans förslag faktiskt kunde öppna möjligheter för oss alla i familjen.

- Det var ett gott erbjudande. Stort tack. Låt mig återkomma när jag har träffat familjen och vet hur det är med alla.
- Hur ska du ta dig dit?
- Jag vandrar dit. Jag hoppas komma fram i morgon. Jag har varit med om värre.
- Det märks att det har blivit karl av dig. Far din skulle nog också ha blivit glad om du tog över torpet.

- Var är alla dom andra?
- Jag är ensam kvar här för att vakta. Dom andra flydde när ryssarna kom tillbaka för tre dar sen. Dom kommer säkert tillbaka snart. Såvitt jag vet har ingen blivit skadad.
- Det var skönt att höra. Det ska jag hälsa Mor. Hur har djuren klarat sig?
- Dom slaktade alla djur som dom kunde hitta och tog med sig.
- Det var illa. Jag fruktade just det.
- Hälsa din mor från mig och säg att vi gärna vill ha familjen kvar och dig som vår soldat.
- Jag räknar med att snart vara tillbaka och då hör jag av mig.
- Det blir bra. Jag önskar dig allt väl inför din vandring. Och att familjen har klarat sig bra.
- Tack så mycket. Och adjö.

Söderman började gå hemåt mot sin gård och jag lyfte bordet för att bära in det. Då vände han sig om och kom tillbaka.

- Och förresten. Jag höll alldeles på att glömma bort det. Jag har ju ett brev till dig.
- Ett brev till mig?
- Javisst. Det kom en flicka från Södersvik och lämnade det till mig för nån vecka sen. Jag skulle se till att du fick det om du kom tillbaka. Och nu står du ju här. Kuvertet är förseglat så jag har inte kunnat läsa brevet. För det är väl ett kärleksbrev förstås.

Det kändes i ansiktet att jag rodnade. Jag hoppades att Söderman inte lade märke till det.

- Tack. Då ska jag läsa det sen. I lugn och ro.
- Gud vare med dig, pojk.
- Med dig också.

När jag inte kunde se Söderman längre satte jag mig vid köksbordet igen. Det var ett likadant kuvert som det som Kerstin hade lagt det förra brevet i. Det stod ingenting på utsidan. Men jag kunde inte tänka mig att det var från någon annan person. Mor kunde inte skriva själv men någon skulle ju ha kunnat skriva åt henne förstås. Men jag kände på mig att det var från Kerstin. Jag ville öppna det så att inget blev skadat så jag gick in i köket och hittade en kniv. Tillbaka vid bordet sprättade jag försiktigt upp kuvertet. Jag såg direkt att det var Kerstins handstil.

Uppsala den 4 augusti

Min allra käraste Lars!

Jag vet inte om du har fått de två brev som jag har skickat dig under sommaren. I alla fall har jag inte fått något svar. Jag

*hoppas innerligt att det beror på den militära postgången. Jag
har fruktat att du kanske har tröttnat på mig. Att du
kanske har träffat någon annan. Jag vet ju inte ens om du
lever. Jag fick veta att ditt regemente skulle försvara vår
huvudstad vid ett sund. Jag var stolt över att du hade fått en
så viktig uppgift. Men jag var också rädd att du kunde ha
blivit skadad eller till och med dödad. Något inom mig säger
mig ändå att du lever och att du fortfarande håller mig kär.*

*Jag har tyvärr dåliga nyheter. Min far var, som du säkert
minns, mycket förtörnad över att vi hade tillbringat en natt
tillsammans i ladan. Han har undersökt vilka möjligheter
som har funnits att gifta bort mig med en man här i Uppsala.
Genom våra släktingar har han hittat en trettioårig man som
arbetar som apotekare här. Far har fått höra att han
antagligen kommer att få ta över det apotek där han är
anställd. Han har en lägenhet på tre rum och kök i Uppsala,
nära domkyrkan. Han har aldrig kommit sig för med att ta
sig en brud. Jag tror det är för att han är så blyg. Far har
talat med honom och han vill gärna gifta sig med mig. Vårt
bröllop kommer att stå den tjugonde denna månad. Vi
kommer att vigas i själva domkyrkan. Mina föräldrar är så
stolta över mitt kommande bröllop och över min blivande
makes goda ställning.*

*Han heter Kristian Andersson. Hans föräldrar äger en stor
herrgård utanför Uppsala. De var mycket vänliga mot mig
när jag träffade dem trots att jag är torpardotter från
Södersvik. Jag tror att de hade varit oroliga att Kristian skulle
förbli ungkarl. Han och jag har bara setts två gånger. Han är
snäll och har ställt många frågor om mitt liv. Jag har inget
sagt om dig.*

Jag är ledsen att jag måste skriva ett brev av detta slag till dig. Jag ville ändå att du skulle få veta det från mig och inte från någon i bygden. Jag tänkte att det var säkrast att lämna det till någon i Åkerö eftersom jag trodde att du skulle återvända dit någon gång. Om du skulle vilja skriva till mig så har Margareta lovat att hjälpa till.

Jag saknar dig ännu lika starkt och hoppas innerligt att du är vid liv och att inte ditt soldatliv har varit alltför tungt. Jag drömmer om att jag åtminstone får se dig en gång till i livet.

Med de varmaste hälsningar från din Kerstin som gråter sig till sömns varje natt

Ibland hade jag fruktat att någonting sådant här skulle kunna ske. Men jag hade snarare trott att Kerstin skulle tröttna på mig och bli förälskad i någon annan. Jag hade god lust att svara direkt och skynda mig till Södersvik och Margareta. Eller kanske bege mig till Uppsala. Det skulle inte vara så svårt att hitta en apotekare vid namn Kristian Andersson. Samtidigt förstod jag att jag inget kunde göra. Det var för sent. Hon hade redan stått brud. Jag skulle bara göra livet svårare för henne om jag försökte tränga mig på henne.

Fars skrivdon borde finnas kvar på sin vanliga plats bredvid eldstaden och jag hittade dem på en gång när jag gick tillbaka in i huset. Jag passade på att bära in bordet. Jag kunde ju inte sitta här ute hur länge som helst och grubbla. Jag lyfte upp bläckhornet och kunde konstatera att det fortfarande fanns bläck kvar. Jag ställde tillbaka det. Jag hade bestämt mig för att vänta med skrivandet. Nu, när allt ändå var för sent. Och jag hade bråttom till Mor och mina syskon. Brevet stoppade jag in under en golvbräda som var lös. Det var mitt eget hemliga gömställe. Jag bar in stolarna också och ställde allt som det brukade se ut här hemma. Jag packade upp min ränsel och hängde upp rocken på en krok. Den var sliten efter alla nätter som bäddunderlag men den var i alla fall ett minne från en tid som jag aldrig skulle glömma. Tanken slog mig att jag skulle kunna stanna här i natt. Det skulle vara skönt att få vara utvilad när jag gav mig iväg mot Penningby. Men jag valde bort möjligheten att sova över. Jag anade att Mor var orolig för mig. Jag var i alla fall orolig för min familj. Jag såg mig runt en sista gång och stängde dörren efter mig. Jag fyllde min vattensäck från brunnen och stoppade ner den bredvid matsäcken i min ränsel. Nu längtade jag till Penningby.

29

Det var inte många timmar kvar innan det skulle bli mörkt men jag trodde att jag skulle hinna komma en bra bit mot Spraggarboda, kanske ända fram. Jag var nyfiken på att se om vår båt hade klarat sig. Jag gick ner mot vattnet och tog in på den lilla stig som slingrar sig fram mot söder. Detta vägval innebar att jag måste simma över det lilla sundet som leder in till Åkeröfjärden. Det skulle inte vara några svårigheter för mig att simma den korta sträckan. Det hade jag ju gjort redan när jag hade varit på rekryteringsmötet och då hade vattnet ändå varit riktigt kallt. Problemet var hur jag skulle få över mina kläder och ränseln. Jag gick och försökte fundera ut en lösning. Jag skulle kunna försöka simma med bara bentag och hålla upp armarna ovanför vattenytan med packningen i händerna. En annan möjlighet vore att göra en enkel flotte Det blåste knappast någonting alls längre så vågorna skulle inte ställa till problem i alla fall. Jag började leta efter material som jag skulle kunna använda. Jag kom att tänka på en historia som Far berättade för mig en gång. Den handlade om den lille Moses som blev lämnad i vassen som spädbarn. Jag hade alltid tyckt att det var en gripande historia. Man lade honom som i en liten korg eller vagga. Jag fick för mig att den kunde ha varit flätad av vass. Det kanske den inte var men det slog mig i alla fall att jag skulle kunna använda gammal torr vass till flotten.

Det var inga problem att få tag i vass nere vid mitt tänkta vadställe. Jag rafsade ihop en hög med torra strån och prövade att skjuta ut den i vattnet med en sten som tyngd ovanpå. Det fungerade. För säkerhets skulle samlade jag ihop lite mer vass så att det det blev en större flotte. Så tog jag av mig alla mina kläder och lade dem tillsammans med ränseln på min vassflotte. Det var skönt att komma ut i vattnet. Jag kunde gå en kort bit innan det blev så djupt att jag inte bottnade. Jag förde flotten framför mig och knuffade till den då och då med mina händer. Det gick utmärkt. När jag kom över till den andra stranden hade jag en torr last som jag kunde ta med mig upp på land. Jag satt en stund och torkade i den sena eftermiddagssolen innan jag satte på mig mina kläder.

Det gick lätt att hitta den lilla stigen som ledde fram till Nänningevägen. Jag vandrade på med kraft i steget. Jag hade blivit stark under sommaren och idag hade jag ätit mig mätt. När jag efter en fjärdingsväg kom fram till landsvägen tog jag vänster. Den vägen skulle föra mig mot Spillersboda. Det blev mitt nästa mål. Jag såg inga rester efter ryska härjningar i dessa områden. Det gav mig hopp om att finna båten oskadad. Om ingen hade stulit den förstås. I orostider fick man acceptera att någon annan kunde bli tvungen att använda ens båt. Men jag hade gömt den väl så det var inte helt enkelt att upptäcka den.

Det kändes som att det var mycket länge sedan jag gick den här vägen för att komma till rekryteringsmötet. I själva verket var det bara tre månader. Tankarna drev runt i huvudet medan jag vandrade. Jag hade fått ett mjukt skägg på hakan och en liten mustasch. Men framför allt hade jag varit med om så otroligt mycket och fått ta så mycket ansvar. Kanske det skulle komma en dag när jag kunde se tillbaka på den här sommaren som en en period då jag på kort tid var tvungen att bli vuxen. Nu såg jag den mer som en lång rad av olyckliga händelser. Värst var att Kerstin nu var gift med en annan. Det kunde jag bara inte förlika mig med. Jag fantiserade om hur jag skulle hämnas på hennes far. Hur jag skulle piska honom med det bälte som han använt mot Kerstin. Men jag kunde inte tänka mig in i hur jag skulle lyckas rädda Kerstin från det äktenskap som inte verkade ha förutsättningar att bli särskilt lyckligt.

Under vandringen tänkte jag mycket på vårt gamla torp och det erbjudande jag hade fått att ta över som rotens soldat. Jag hade verkligen ingen lust att bli indelt soldat. Kriget hade dödat Far. Och mina upplevelser vid Stäket hade gett mig djupa sår i mitt inre. Men kanske det kunde bli fred nu, ett par år i alla fall. Även om vi hade räddat Stockholm så hade Sverige blivit förödmjukat genom att ryssarna hade fått härja fritt längs en stor del av den svenska kusten och förstört så mycket. Jag kunde inte tänka mig annat än att våra sändebud måste bli mer eftergivliga nu i de fredsförhandlingar som pågått så länge. Att vara rotesoldat kunde i så fall innebära att man bara var i beredskap, åtminstone de närmaste åren. Antagligen skulle det komma nya krig men till dess skulle jag kanske ha kunnat skaffa ett eget torp och lämnat soldatrocken till näste man. Att bli soldat såg i alla fall ut som den bästa lösningen just nu. Vi skulle kunna flytta tillbaka till torpet och försöka komma i ordning igen. Nu visste jag vilka krafter jag hade tillgång till i mig själv. Jag skulle kunna ta över där Far tvingats sluta.

När jag gick där i mina tankar hade jag inte upptäckt att jag hade kommit in i ett område med små stugor. Härifrån gick avtaget mot Spillersboda. Jag satte mig vid vägkanten för att dricka lite vatten. Jag var inte hungrig än och jag tänkte att det bästa vore om jag kunde fortsätta så snabbt som möjligt till Spraggarboda. Jag gjorde bedömningen att jag kommit ungefär halvvägs. Solen kanske skulle gå ner om en dryg timme och skymningsljuset skulle vara kvar ytterligare en halvtimme. Jag bestämde mig för att fortsätta och ökade farten. Vägen gick ibland nära vattnet och jag såg en hel del sjöfågel. Ejderungarna var stora nu och simmade värdigt fram på den solskimrande vattenspegeln. Solen var annars mest till besvär nu eftersom jag hade den rakt i ögonen. Skrakungarna verkade också nästan vuxna. Jag blev både glad och vemodig av att se alla dessa fåglar som påminde mig om mina utflykter med Far.

När jag hade gått en timme började jag känna igen mig. Det var inte långt till Spraggarboda nu. Jag ökade takten ännu mer fast jag började bli både trött och hungrig. När jag kom fram till mitt gamla båtgömställe blev jag glatt överraskad; Båten låg kvar som jag hade lämnat den. Lövverket hade blivit tätare under sommaren och båten låg hyggligt skyddad också för solen. Det kunde ändå vara så att den hade blivit otät i torkan och solskenet. Jag bestämde mig för att försöka få i den i sjön. Jag hittade den gren som jag hade använt som spett när jag vände på båten förra gången. Jag lyckades med att vända den på liknade sätt som då. Det var lite högre vattenstånd nu än förra gången och därigenom lite lättare att få ner den i vattnet. Den låg väl skyddad i vassen utanför och jag nöjde mig med att binda fast förlinan i en björkstam. I morgon skulle jag få besked om den höll tätt. Eller snarare om hur mycket den läckte. Jag bestämde mig för att vänta med att masta på tills jag visste om båten gick att använda.

Solen hade gått ner och skymningen smög sig på. Jag gick en bit upp mot land och upptäckte en lada där jag skulle kunna sova under natten. Jag såg också ett äppelträd vars frukter såg ut att vara mogna. Jag tyckte jag hade rätt att ta för mig och plockade ner fem äpplen. Efter det var det äntligen dags att äta. Österman hade plockat ner torkat fläskkött och bröd i min matsäck. Det var en bra mycket bättre middag än vad jag var van vid från Stäket. Jag nöjde mig med att äta hälften.

Resten skulle jag ha kvar för morgondagen. Till efterrätt åt jag två äpplen. De var nästan fullmogna och smakade härligt friskt. Jag tog mig in till ladan medan det ännu fanns lite skymningsljus kvar och ordnade en sovplats av hö. Det var lika bra att försöka sova på en gång. Jag ville fortsätta mot Penningby tidigt i morgon bitti.

Trots att jag var trött vaknade jag tidigt av att det kliade efter ett par myggbett på halsen. Det hade redan börjat ljusna och jag hörde några ilskna fåglar som bråkade med varandra. Jag sträckte på mig, steg upp och gjorde mig klar för en ny vandring. När jag böjde mig ner för att ta upp ränseln anade jag som en mörk skugga vid dörren. När jag reste mig och såg åt det hållet upptäckte jag en man med en musköt i händerna. Jag tänkte att det var en ryss som hade blivit kvarlämnad. Men så hörde jag att han pratade svenska.

- Vem är du?
- Jag är Lars Eriksson från Åkerö.
- Och vem har givit dig tillstånd att sova här?
- Jag ber så mycket om ursäkt. Jag kommer direkt från striderna vid Stäket och ska söka upp min mor och mina syskon i Penningby. Jag visste inte att det bodde nån här i närheten.

Han tog ner musköten och log vänligt mot mig.

- På så sätt. En av våra hjältar. Men inte kan man tro att du har varit ute i krig, pojk. Du kan väl inte vara så gammal?
- Jag är sexton år.
- Så vi har så unga soldater nuförtiden. Och vilket regemente tillhör du?
- Upplands tremänningar till fot.

- Men nu läggs väl det regementet ner?
- Ja, det tror jag. Men jag har blivit erbjuden att bli indelt soldat. Och få ta över vårt gamla torp.
- Men Far din, vad säger han i så fall?
- Han dog i kriget.
- Åh, jag beklagar. Men kan du inte komma in i stugan så får vi ge dig lite frukost. Du behöver få nåt i dig efter att ha färdats så långt.
- Tack gärna. Det vore gott. Men jag har sovit mycket bra här i ladan. Så tack för lånet.
- Väl bekomme. Och jag heter Östen. Östen Karlsson.

Den vänlige Östen skrattade. Sedan vände han sig om och började gå och jag följde efter. Torpstugan låg inte mer än kanske femtio famnar bort. Jag hade inte lagt märke till den i skymningsljuset igår. Den låg som inbäddad i en träddunge.

- Kom får du se, Lisa, vad jag har fått i näten. En riktig tremänning.

En kvinna med långt grått hår kom ut från kammaren.

- Nej, det var som attan. Det var en stilig fisk.
- Han har sovit ladan i natt. Jag såg att det var nån där. Så jag trodde det var en tjuv. Eller en ryss.
- Välkommen, pojk. Vill du ha nåt att äta?

Hon dukade fram ost, smör och bröd och erbjöd mig att slå mig ner vid bordet

- Det var länge sen jag fick så god mat.
- Vi har det gott ställt här. En av våra söner har en gård nära Penningby. Vi får vad vi behöver av honom. Och fisk drar jag upp så det blir över. Så det brukar jag ge tillbaka.
- Har ryssarna varit här också?

- Dom brände ner Östanå och härjade i trakterna däromkring. Men just här har vi varit förskonade och det mesta har blivit kvar.
- Hur är det med Penningby?
- Penningby har klarat sig.

Det var det bästa jag hört på länge. Östen hade säkert hört om det hade hänt något i trakterna runt Penningby eftersom han hade en son boende där.

- Men nu är det ingen fara längre, sade jag. Ryssen har ju seglat iväg över Ålands hav.
- Är du säker på det?
- Vi hörde det i Stockholm. Det var därför vi gav oss av.
- Har du seglat från Stockholm?
- Ja. Med en båtägare och fiskare från Gräddö. Vi gav oss av från staden i förrgår just för att ryssen hade lämnat skärgården. Och vi har inte sett några ryssar. Bara spåren efter deras härjningar.
- Gud vare tack och lov. Varje dag har vi fruktat att se dom komma. Lisa tycker att vi borde ge oss av inåt landet. Men nån måste ju vara kvar och se till torpet också. Och vi är beredda att ge oss av på en gång om vi skulle se ryssarna komma. Hästen står i stallet och packningen är klar.
- Ni kan vara lugna nu.
- Det var goda nyheter, pojk. Mycket goda. Hörde du, Lisa?
- Ja, jag lyssnar hela tiden.

Hon hade stått i bakgrunden under samtalet men nu kom hon och satte sig. Hon såg nyfiket på mig.

- Kan du inte berätta hur det gick till där borta utanför Stockholm?
- Du får väl lov att låta pojken äta klart innan du börjar förhöra honom.
- Jag kan prata. Jag har ätit klart. Det var mycket gott.
- Du vill väl ha lite varm kålrotssoppa också.

Lisa kom med en stor tallrik med soppa som smakade underbart. Och så började jag berätta. Om båtarna som vi sänkte och fyllde med sten. Om förhuggningarna. Om värnen. Och om de strider som jag hade upplevt.

- Vi har mycket att tacka dig och dina kamrater för, sade Östen när jag hade avslutat min berättelse. Det är skönt att höra att nån äntligen har satt sig emot ryssarna. Vi har varit förundrade över att dom har fått härja fritt i skärgården och längs våra kuster. Vi har frågat oss många gånger varför vår stora flotta inte har kommit till vår undsättning. Trots att vi alla har fått betala så mycket för vårt försvar. Och trots att man sa att den skulle regera på Östersjön
- Jag tror att det mesta av flottan har legat still i Vaxholm.
- Där ligger dom tryggt.
- Jag tror att dom förstod att dom inte kunde stå emot dom ryska båtarna inne i skärgården. Ryssarna har inte så många kanoner men deras galärer är mycket smidigare än dom svenska krigsfartygen. Dom kan både seglas och ros och är inte så djupgående. Dom svenska fartygen är för långsamma i sina manövrer.

Det var som om jag hade blivit en erfaren soldat när jag satt där och berättade och svarade på frågor. Det var en ny upplevelse. Jag åt upp min soppa och njöt verkligen av att få i mig lite varm mat. Både Lisa och Östen verkade försjunka i sina tankar. Jag förstod att de hade varit rädda under en lång tid. Återigen var det Östen som började tala.

- Du sa att du ska till Penningby.
- Ja, min mor och mina syskon är där.
- Hur ska du ta dig dit?
- Jag tänkte jag skulle gå.
- Då gör vi så att gumman och jag tar fram hästen och så far vi alla tre till Penningby. Jag tänker föra vidare det som du har berättat för oss till vår son. Och jag tycker dessutom att du förtjänar att få skjuts den sista biten.
- Det är verkligen vänligt. Mycket mer än jag hade kunnat be om.
- Vi är klara snabbt som du förstår. Är du beredd att ge dig iväg?
- Jag ska bara se om båten har klarat sig.
- Jag tyckte du sa att du hade gått hit från Åkerö.
- Det har jag. Men när jag tog min familj till Penningby så kom vi hit med vår båt. Jag gömde den där nere i ett buskage.
- Så det är din båt. Jag har undrat så var den kom ifrån.

Båten hade tagit in en del vatten men den flöt fortfarande väl ovanför ytan. Östen lovade mig att han skulle se till den tills jag kom tillbaka och bevaka att den inte sjönk. Masten och årorna fick ligga kvar på land och seglen tog han in i torpet. Innan vi gav oss iväg fick jag låna deras dass. Det var en ovanlig bekvämlighet att kunna sitta på en bänk och förrätta sina behov efter att så länge ha varit hänvisad till att sitta på en smal stock eller sitta på huk ute i naturen.

De hade en stor och fin vagn med sittplats för fyra. Det blev min skönaste färd sedan jag fick skjuts till Nänninge från rekryteringsmötet i Frötuna. Så mycket hade blivit annorlunda sedan dess. Och jag hade förändrats. Det var som om jag hade blivit tio år äldre. Det var bara kroppen som var sig någorlunda lik. Men den hade också förändrats en del. Jag var mycket starkare även om jag fortfarande var lika smal. Jag kom att tänka på att jag inte hade sett mig i en spegel på hela sommaren. Jag undrade om det syntes på mig att jag hade varit med om så mycket. Och om det syntes att skägget hade börjat växa.

30

När vi kom in i Penningby steg jag av. Sonens gård låg lite längre norrut mot Norrtälje men jag skulle vidare in mot landet. De erbjöd sig att skjutsa mig ända fram men jag tackade nej. Det var inte långt att gå. Dessutom ville jag vara ensam när jag mötte Mor och barnen. Jag lovade att höra av mig till det vänliga paret när jag kom tillbaka för att hämta båten.

Det var skönt att vara ensam igen. Jag har alltid tyckt om att vara för mig själv men i det militära hade det varit svårt att gå avsides annat än korta stunder som när jag badade. Jag hade inga svårigheter att hitta och det var nog bara en fjärdingsväg att gå. Jag hade ingen aning om vad som hade hänt min familj. Jag hade inte fått något brev och jag hade inte heller skrivit till dem. Kanske hade de valt att flytta till Enköping och Karl Alfred. Och sedan kom en tanke som jag tryckte undan på en gång: Kanske de inte längre var i livet.

Det lilla torpet lyste så vackert i sensommarsolen. När jag närmade mig såg jag att någon höll på att arbeta utanför stugan. Det såg ut som om det var en gammal person som hade svårt att röra sig. Efter ytterligare några steg såg jag att det var Mor. Jag började springa.

- Mor, Mor. Här kommer jag.

Hon tittade mot mig men jag var inte säker på att hon förstod att det var jag. När jag kom fram såg hon undrande på mig, som om hon inte trodde sina ögon. Hon började gråta och kramade om mig. Hon hade förändrats så mycket. De matta ögonen var som insjunkna i huvudet. Ansiktet var lite glansigt och skiftade i blått. Hennes vackra rågblonda hår hade fått en ton av rött i sig som blev tydlig när det lystes upp av solen. Armarna hade blivit ännu magrare än förut, precis som benen. Klänningen hängde som en mjölnarsäck över henne.

Hon höll mig så hårt som aldrig förr. Det var som om hennes revben nästan trängde ut ur huden och jag tog i henne så försiktigt jag kunde för att inte skada henne. Jag började också gråta. Om vi inte hade avbrutits av Maria hade vi kunnat stå så där hur länge som helst.

- Mor, vad är det som händer?

Mor släppte taget och jag vände mig mot Maria. Även hon hade blivit magrare men hennes hud hade en friskare färg än Mors. Och hennes blonda hår var fortfarande lika ljust som förr.

- Maria, känner du inte igen mig?
- Är det du Lars?

Hon hoppade upp i famnen på mig. Jag märkte direkt hur tunn hon också hade blivit. Hon var lätt som en fågel. Sedan kom Karl. Han såg så glåmig och ynklig ut och hade som smala pinnar till armar och ben. Han såg nästan ut som ett levande skelett. Men magen var stor. Det såg märkligt ut men jag hade hört från andra att det kunde bli så när barn svalt. Han var lite blyg för mig men när jag lyfte upp honom släppte hans försiktighet.

- Vi har längtat efter dig. Mor visste inte om du skulle komma tillbaka i sommar. Men jag var säker på det.

Det här var min lyckligaste stund på länge även om min glädje grumlades av att se hur illa alla hade farit under denna sommar. Jag tog mina syskon i vardera handen och gick in i stugan. När jag drog med tummen över Karls fingrar kände jag hur hans fingertoppar hade fått djupa sprickor.

Därinne satt Alfred och Greta. De såg ut att ha åldrats mycket under den här månaden. Gretas hud var torr som läder och hon hade fått som en mörk men gles mustasch och polisonger. Jag såg att hon hade tappat ett par tänder till. Hon försökte ställa sig upp men det var som om hon inte riktigt orkade. Hon hade varit mager redan när jag såg henne sist men nu verkade det bara vara skinn och ben kvar av henne. Alfred reste sig och kom emot mig och gav mig en kram. Det var rätt obehagligt för han luktade så illa. Han hade också magrat och såg tärd ut. Jag lade märke till att hans ansikte hade svullnat fast läpparna var som förtorkade.

- Vi har bett för dig varje dag. Och vi har hoppats så att du skulle komma tillbaka. Nu tar vi fram lite brännvin.

Han gick för att hämta en plunta i hörnskåpet. Hans steg var ostadiga och han rörde sig långsamt. Han lyckades i alla fall ta sig fram med pluntan i ena handen utan att tappa den. Jag hjälpte Greta att komma upp. Det var otäckt att se hennes händer. Naglarna hade blivit som klor. Det var som om hela hon höll på att förvandlas till en stor men tanig fågel.

Vi slog oss ner runt bordet. Både Karl och Maria satt i mitt knä, tryckta tätt intill mig. Mor satt på min högra sida och tryckte sig också hon mot mig och höll en arm om min rygg. Vi vuxna, jag hörde nu till den gruppen, skålade i brännvin. Maria och Karl fick nöja sig med svagdricka som Mor hade passat på att hämta medan Alfred tog fram brännvinet.

- Blir du kvar hos oss nu, min älskade Lars, frågade Mor.
- Mitt regemente är hemförlovat i alla fall.

Jag ville inte berätta om Uno Södermans erbjudande nu på en gång. Det vore inte underligt om Mor skulle sätta sig emot att jag skulle bli indelt soldat. Jag ville det ju inte själv heller men det var den enda möjligheten jag kunde se för att försörja familjen. Och det var den enda möjligheten att få behålla vårt hem. Det var också ett beslut som innebar att Mor inte ens skulle behöva överväga att leva ihop med en man som hon varken hade valt eller tyckte om.

Alltsedan jag ställde in mig för militärtjänstgöring i Frötuna hade jag fått höra så många historier om fattigdom och svält. De många åren av krig med Karl XII hade plågat Sveriges folk bortom alla tidigare gränser. För så många i Stockholms skärgård och kustland hade denna sommar förvärrat läget ytterligare. Antalet människor som redan hade dött eller skulle komma att dö till följd av de ryska härjningarna var säkert flera gånger högre än antalet soldater som stupat i striderna vid Stäket. För många innebar det en plågsam död att sakta förtvina till följd av svält.

Under denna sommar hade jag lärt mig en del om Sveriges historia, framför allt om alla krig, när jag suttit och lyssnat på vad de andra soldaterna berättade. Det var ofta gräsliga historier med ett ofattbart lidande för många. Allra värst var det kanske att bli tagen som krigsfånge. Om man hade turen att komma hem levande kunde allt ha förändrats och man var kanske inte ens välkommen längre. Hustrun hade funnit en ny man. Barnen kände inte igen sin far. Ingen kunde eller ville erbjuda ekonomiskt stöd. Och alla minnen som kom tillbaka, mest på nätterna.

För mig var soldatyrket det sista jag skulle välja om jag hade några andra möjligheter. Men jag hade inte det. Alla i Roslagen hade nog med att försöka försörja sig själva. Inte hade man råd att anställa en dräng. Och inte hade vi egen mark att odla. Enda möjligheten att förtjäna pengar vore att flytta till en annan del av Sverige. Men jag skulle ändå ha svårt att hitta en plats som inte var drabbad av fattigdom. Folket hade fått betala ett högt pris för alla krig. Och om jag gick till sjöss så skulle jag vara borta för länge från min familj som ju inte heller skulle ha någonstans att bo. För jag förstod direkt att de inte kunde bo kvar hos Alfred och Greta medan jag var ute på en båt. Svälten skulle ta deras liv.

Det enda jag kunde ägna mig åt om jag inte blev soldat vore att fiska. Det skulle ge oss mat för dagen. Men utan en riktig fiskebåt med all dess utrustning skulle jag knappast kunna få upp så mycket att jag skulle kunna sälja till andra och på så sätt få pengar till annat som vi behövde. Fisket kunde ändå bli ett bra komplement till att vara soldat. Jag visste att jag skulle behöva göra dagsverken åt de bönder som ansvarade för min anställning om jag blev indelt soldat men det skulle ändå bli tid över för hushållsfiske. Och för att sköta våra små täppor som ändå brukade ge god skörd.

Det slog mig att jag hade börjat tänka i termer som "försörja oss". Tidigare hade jag tänkt att min uppgift var att se till att Mor och mina syskon blev försörjda av någon annan. Den möjligheten fanns inte längre. De hade överlevt hos Alfred och Greta, inte mer. Snarare var det nu så att jag fick överta ansvaret för detta äldre par också. Egentligen var det ju deras son Karl Alfred som borde träda in. Men det var uppenbart att han inte hade varit till hjälp under sommaren. I så fall hade jag inte mötts av alla dessa svältande. Jag förstod inte vad det var som gjorde att han inte hade kommit till undsättning och jag ville inte fråga heller.

Så nu var vi en storfamilj om sex personer. Alfred och Greta hörde till oss, i alla fall tillsvidare. Jag tänkte att det mest brådskande var att se till att få mat på bordet. Det enda som jag kunde komma på för stunden var att jag måste ge mig ut och fiska. Jag skulle nog kunna mätta alla med fisk. I alla fall tillfälligt. Säkert hade Alfred några nät som jag kunde lägga ut. Kanske hade han en båt vid Länna kyrksjö som låg en fjärdingsväg bort. Kanske kunde jag ta mig till Spraggarboda och vår egen båt. Där hade jag dessutom fått goda vänner som kunde hjälpa mig. Jag skulle kunna fiska ihop med Östen. Och jag skulle kunna hämta fars fiskeredskap.

Om jag blev indelt soldat så skulle vi också kunna ta hand om rovorna och kålrötterna från vårt land i Åkerö. Det var ju vi som hade satt dem och vi hade rätt att skörda. Jag skulle kunna ta med mig Maria som snart skulle fylla nio. Hon skulle säkert vara mig till hjälp med att plocka upp det mesta. Jag skulle inte vilja sätta Mor i kroppsarbete så mager som hon såg ut. Men det skulle kanske bli svårt att hindra henne.

Det verkade inte finnas någon annan möjlighet för dagen än att bo kvar hos Alfred och Greta. Här fanns ju i alla fall någon form av fungerande vardag. Jag skulle kunna dela säng med Karl så fick Mor och Maria dela den andra. Och så skulle jag se till att komma igång med fisket så snart som möjligt, helst redan i morgon.

Det skulle ta tid att förklara allt det här för Mor. Men jag tror inte att hon skulle kunna komma med något bättre förslag som kunde innebära att vi överlevde alla sex. Och när läget hade blivit lite mer stabilt skulle vi flytta till Åkerö. Det var naturligt att erbjuda Alfred och Greta att flytta med men jag var inte säker på hur de skulle ställa sig till det. Kanske skulle de vilja försöka ta sig till Karl Alfred och hans familj. Om det nu var möjligt. Kanske skulle de inte vilja lämna sitt torp.

Under middagen berättade jag inget om allt det här som jag funderat på om framtiden för oss alla sex. Förutom att jag ville fiska så snart som möjligt. Och det visade sig att Alfred hade tre nät i en bod och en liten roddbåt i Länna kyrksjö. Men han hade inte varit där sedan i våras så det var osäkert om den var kvar och i vilket skick den var. Eftersom han hade lagt i den i sjön så skulle den i alla fall inte ha torkat och därigenom blivit obrukbar. Varken han eller Greta trodde att de skulle kunna gå med mig men de förklarade noggrant var båten låg och hur den såg ut. Åror och nät fick jag ta med mig. Det var inga problem eftersom vi hade vår vagn här. Och Alfred trodde inte att någon skulle klaga över att jag var ute på annans fiskevatten. Det var inte riktigt klart vem som hade rätt till vad i sjön och dessutom fanns det förståelse för att man måste skaffa mat till svältande i dessa svåra tider.

Det tog lång tid att berätta om allt som jag hade varit med om vid Stäket och jag fick många frågor. Det var självklart att jag skulle sova kvar med de andra och lika självklart att jag skulle dela säng med Karl. När alla utom Mor och jag hade lagt sig fick hon och jag möjlighet att talas vid. Jag fick höra hur de hade haft det. Som jag kunde se på dem alla så hade de inte haft tillräckligt att äta. Mor och barnen hade plockat så mycket bär som de kunde. Det hade funnits gott om blåbär och en välfylld skål hade ställts på middagsbordet nästan varje dag. Lingonen hade inte mognat riktigt än men de skulle nog bli färdiga snart.

Mor berättade att Greta hade lärt henne att baka bröd på många nya sätt. Greta hade i sin tur lärt sig från sin mor som hade upplevt hungersnöd flera gånger. Barkbrödet gjordes på den inre vita barken från späda tallar. Den torkades, krossades och maldes innan den kunde användas till deg. Tidigare hade Mor kunnat blanda in rågmjöl men de sista veckorna hade man inte haft något mjöl från säd att tillgå. Mor hade också lärt sig att samla olika lavar som kunde användas till deg och till gröt. Både hon och Maria hade lärt sig att känna igen både granlav och skägglav.

Maria åt tydligen ganska bra men Karl var kinkig. Han tyckte att alla nya sorters bröd och gröt smakade illa. Som tur var hade man haft rovor och kålrötter och det fanns fortfarande lite kvar att hämta i landen. Men Alfred var noga med att ransonera dessa rotfrukter som skulle räcka länge. Det var i alla fall vad han trodde och hoppades. För mig var det tydligt att man inte hade fått i sig tillräckligt med näring. Alla visade tecken på svält.

När jag frågade Mor om Karl Alfred berättade hon att han hade blivit "begiven på starka drycker", som Greta hade sagt. Han hade därför inte varit till någon nytta och hade inte heller synts till under sommaren. Greta var orolig att han inte ens kunde försörja sina tre barn och sin hustru.

Mor gick och lade sig före mig. Jag märkte att hon var mycket trött. Hon talade långsammare än förr och jag var allvarligt orolig för henne. Jag hoppades att jag inte hade kommit hem för sent. Jag trodde att jag skulle kunna meta upp en hel del abborrar redan under dagen i morgon så att alla kunde äta sig mätta till middagen. När nätfisket kom i gång skulle det bli lättare att få upp tillräckligt med fisk.

När alla andra hade somnat gick jag och satte mig på en sten på gårdsplanen. Det var fortfarande ljummet i luften. Denna sorgens sommar hade i alla fall inramats av ett enastående vackert väder och en behaglig temperatur under kvällar och nätter. Jag plockade fram min träpinne från ränseln och räknade ut hur länge jag hade varit borta. Jag var rätt säker på att jag hade kommit ihåg att rista ett streck varje dag. Det hade varit ett sätt för mig att försöka hålla ordning i en tid som saknade allt vad ordning heter. Och jag hade kommit fram till att jag hade varit borta från min familj i fem veckor precis. Men det kändes som ett halvt liv.

Det var så mycket som var ovisst men jag kände ändå ett visst lugn. Jag såg vad som behövde göras och jag visste efter den här sommaren att jag orkade och klarade mycket mer än jag hade trott tidigare. Men nu skulle jag sättas på nya prov. Jag hade blivit som far till mina syskon och vardagskamrat till min mor och dessutom fått ansvar för två äldre släktingar.

Det var alldeles tyst ute och helt vindstilla. I detta yttre lugn kom tankarna på Kerstin tillbaka. Hon hade kommit till mig ibland på nätterna i mina drömmar. Varje gång grät hon och drömmarna brukade sluta med att hon tonade bort och försvann just när jag försökte ta i henne. När det gällde henne kände jag mig inte bara förtvivlad utan också maktlös. Hon var långt borta och jag skulle inte kunna lämna alla i huset för att försöka söka upp henne. Och jag skulle ha små, om ens några, möjligheter att få henne tillbaka. Även om hon på ett sätt fortfarande var min och jag hennes. Men nu var hon fången i äktenskapet och där hade hon många fångvaktare, inte bara sin man utan också sin far och antagligen sina svärföräldrar.

Några gånger hade jag snuddat vid tanken att hon kanske väntade ett barn och att det barnet var vårt. Det skulle kunna förklara varför det blev så bråttom med att finna en make. Men den tanken gjorde för ont för att hålla kvar längre än sekundkort. Det var svårt nog att uthärda tanken på att hon verkade vara förlorad för alltid. Ändå ville jag inte utesluta möjligheten att vi kanske skulle kunna återses, åtminstone någon gång långt fram i tiden. När allt hade ordnat sig för mig och min familj som nu innefattade också Greta och Alfred. Och när jag hade en plats att erbjuda henne.

Om jag hade låtit all ovisshet få fritt spelrum i mitt huvud så hade jag nog blivit tokig. Det fanns redan så mycket oroligt därinne med alla minnesbilder av döende ryssar och sargade kroppar. Jag måste försöka inrikta mig på att bara tänka på det som var nära förestående. Fisketuren i morgon var mitt nästa mål. Jag såg fram emot att komma hem med några feta abborrar till middag. De andra svårigheterna fick jag ta itu med senare. Jag kom att tänka på vad Far brukade säga när det tornade upp sig för mycket svårigheter: Kommer tid, kommer råd.